THEATRE
经典剧目

安提戈涅

ANTIGONE

〔法〕让·阿努伊 著
Jean Anouilh
郭宏安 译

人民文学出版社
PEOPLE'S LITERATURE PUBLISHING HOUSE

著作权合同登记号　图字 01-2018-4289

图书在版编目(CIP)数据

安提戈涅 / (法) 让·阿努伊著；郭宏安译.
—北京：人民文学出版社，2018(2023.4 重印)
(经典剧目)
ISBN 978-7-02-014682-6

Ⅰ. ①安…　Ⅱ. ①让…　②郭…　Ⅲ. ①悲剧-剧本-法国-现代　Ⅳ. ①I565.34

中国版本图书馆 CIP 数据核字(2018)第 252916 号

责任编辑　**朱卫净　何炜宏**
装帧设计　**高静芳**

出版发行　**人民文学出版社**
社　　址　**北京市朝内大街 166 号**
邮　　编　**100705**

印　　刷　**山东临沂新华印刷物流集团有限责任公司**
经　　销　**全国新华书店等**

字　　数　**105 千字**
开　　本　**889 毫米×1194 毫米　1/32**
印　　张　**5.5**
版　　次　**2019 年 8 月北京第 1 版**
印　　次　**2023 年 4 月第 2 次印刷**

书　　号　**978-7-02-014682-6**
定　　价　**48.00 元**

目 录

剧本制造者让·阿努伊

郭宏安

和一般的戏剧界人士不同，让·阿努伊仅仅以他的剧作为人所知。他不喜欢抛头露面，不愿意谈论自己，甚至连他那长着一双“极美的眼睛”的瘦脸也不肯轻易暴露在摄影机前。人们只知道他于一九一〇年生于波尔多，父亲是裁缝，母亲是小提琴手。年轻的时候，他在巴黎“学过一年半法律，在一家广告公司工作过两年”，一度给名演员路易·茹维当秘书。他自幼喜爱戏剧，但是，他与戏剧结下不解之缘，还是在他十八岁的时候。一九二八年春天的一个晚上，他在香榭丽舍喜剧院看了路易·茹维演出的《西格弗里德》。让·季洛杜[①]这部名剧的丰富、优雅，思想和诗意的交融，迷住了他，震动了他，征

① 让·季洛杜（Jean Giraudoux，1882—1944），法国作家、剧作家。

服了他。他明白了“在戏剧中可以有一种诗意的、刻意求工的语言，比速记下来的谈话更为真实”。从此，他开始了戏剧创作活动。从此，戏剧成了他的生命。他的生平，就是一连串的剧本。他说：“我没有传记，我对此感到高兴。”写戏，对他来说是一种职业，别人做椅子，他写本子。他的野心看来很小，其实很大，他说：“一个戏剧作者的光荣，就是做一个剧本制造者。”

阿努伊是一个名副其实的“剧本制造者”，而且是一个技艺高超、不知疲倦、产量丰富的“剧本制造者”。五十多年间，他写了近四十个剧本，题材涉及神话、历史和现实，表现的主题丰富多彩，如对纯洁童年的依恋，对现代社会的讽刺和批判，贫富之间不可克服的对立，历史的不可摆脱的重压，幸福，死亡，现代社会中男人和女人的关系，等等。阿努伊自己把他的剧本分为五类：玫瑰戏剧，这类戏剧在黑暗的背景上还有某些亮色，或者没有明确的结局，留给观众某种隐约的希望，如《窃贼的舞会》(1938)，《桑利斯的约会》(1939)，《雷奥卡迪亚》(1939)；黑色戏剧，这类戏剧充满悲观和虚无的色彩，不乏反抗精神，但结局都是悲剧，如《没有行装的旅行者》(1937)，《野姑娘》(1938)，《欧律狄刻》(1942)，《安提戈涅》(1942)；闪光戏剧，这类戏剧描绘五光十色的上流社会生活，但闪光的不都是金子，具有浓厚的讽刺意味，如《请到古堡来》(1947)，《排演，或被惩罚的爱情》(1950)；刺耳戏剧，这类戏剧的讽刺更为尖刻，色调更加阴暗，使观众有不堪忍受之感，如《斗牛士华尔兹》(1952)，《可怜的比托斯，或化装晚宴》(1956)；古装戏剧，如《云雀》(1953)，《贝克特，或上帝的荣誉》(1959)，《赃物市场》(1962)；后来又有人从他二十世纪七十年代的剧作中概括出一种“怪异戏剧”。

阿努伊最初几个剧本塑造了一种在生活中受到某种创伤的人物，这种创伤可能有一段不光彩的历史，也可能是贫穷造成的恶习。《没有行装的旅行者》写的是一个寻找自我的故事。加斯东患了遗忘症，把过去的一切都忘了，雷诺太太、瓦朗蒂娜认为他就是在战争中失踪的儿子和哥哥雅克。然而，雅克原来是个残忍的人，喜欢杀动物，并与瓦朗蒂娜有乱伦关系，他与全家闹翻之后，上了战场。加斯东不肯承认他是雅克，拒绝加入雷诺家。他接连拒绝了好几个家庭的承认，最后，他找了一个英国小孩，认为自己是他的侄子，而这个英国小孩在一次沉船事故中失去了全体家人。这样，加斯东就成了一个没有历史的人。他之所以不愿意有历史，是因为他看到的是一桩桩丑恶的历史。阿努伊初期剧作中最著名的是《野姑娘》。二十岁的黛莱斯·塔尔德是一家咖啡馆的小提琴手，她的父亲是个乐队的低音提琴手，母亲是大提琴手。她的父母是一对不成功的艺术家，她从小就生活在贫困之中，在劳顿、贪婪、庸俗的环境中长大，然而，她却始终保持着纯洁和无私的品质。著名的作曲家弗洛朗·弗朗斯爱上了她，并打算娶她。弗洛朗年轻而富有。一次，弗洛朗约她到家中做客。面对着“明亮而温暖”的客厅，面对着温和而幸福的弗洛朗，黛莱斯感到痛苦，这一切与她的所见所闻是那样的不协调。她试图取消他们的婚约，让她的父亲在弗洛朗面前作出种种贪婪、卑下的丑态，以促使弗洛朗打消娶她的念头。不料，弗洛朗并不以为然，表示对贫困的理解和同情。黛莱斯告诉他，她本人与她的父亲一样，因为他们有着共同的生活环境。弗洛朗感到十分痛苦，黛莱斯决定与他结婚。于是，他们准备结婚了。然而，对于富人们的无忧无虑，对弗洛朗的姑母的“恩赐”，对他的妹妹的自私，黛莱斯始终感到痛苦，她不能接受这种幸福，尽管她爱弗洛朗。一天晚上，在弗洛朗弹钢琴的时候，她走了，她说：“总会在什么地方有一只走失的小狗，使我不能幸福。”黛莱斯这个因贫穷而得不到教养的“野姑娘”，是阿努伊塑造的最动人的形象之一。这出戏揭示了贫穷给人带来的心理创伤和贫富之间在精神上存在着的不可逾越的鸿沟。在阿努伊的笔下，穷人感到痛苦的不是物质上的匮乏，而是精神上的创伤。不难看出，阿努伊对贫富对立这种现象的理解是肤浅的，本质上也是错误的，但剧本的力量首先在于，他愤怒地控诉了这种不合理的社会现象，在黛莱斯身上表现出一种强烈的反抗意识。

在《野姑娘》之后，阿努伊写了《窃贼的舞会》，开始了一个短暂的玫瑰色戏剧的时期。这是一出具有讽刺意味的轻松的喜剧。彼特博诺、埃克托、居斯塔夫，这三个窃贼化装成西班牙贵人，参加了贵妇人赫芙的晚会。贵妇人赫芙认为，彼特博诺就是米拉福洛公爵，而她的朋友埃德加爵士说公爵早已不在人世。埃克托爱上了赫芙的女儿爱娃，一个年轻的寡妇；居斯塔夫爱上了朱丽叶特，赫芙的另一个女儿。埃德加请来侦探，结果，彼特博诺和埃克托逃走，但是朱丽叶特一定要嫁给居斯塔夫，埃德加爵士只好把居斯塔夫认作自己的私生子。窃贼化装成西班牙贵人，资产者化装成小偷，水城街头的小亭子，温泉疗养者在双簧管的乐声中散步，有情人终于成了眷属，一切都像梦一样轻柔，一切都包裹在一层淡淡的讽刺之中。果然，这是梦境，这是幻影，严酷的现实很快就代替了玫瑰色的梦。阿努伊紧接着写了两出同样性质的喜剧，随即写出了色调更加阴暗的《安提戈涅》。

写于一九五〇年的《排演，或被惩罚的爱情》是一出戏中戏，是继黑色戏剧之后出现的一种亮色，然而不是那种带有理想和希望的亮色，而是一些百无聊赖的人的恶作剧，他们用笑声打发无聊的岁月，用玩乐填充灵魂的空虚。蒂格尔伯爵要在他的乡间别墅举行一次宴会，宴会将自始至终是一出戏，赴宴的人扮演剧中的角色。伯爵选的是马里沃[①]的一出戏，说的是王子想获得希尔薇娅，而希尔薇娅与阿尔勒甘相爱，于是整个宫廷行动起来，玩弄阴谋，拆散这对情人，使希尔薇娅落入王

① 马里沃（Pierre Carlet de Chamblain de Marivaux，1688—1763），法国剧作家、作家。

子之手。伯爵正是以排戏为名，企图把一个雇用不久的年轻女教师吕西尔弄到手。伯爵是个风月老手，但吕西尔却相信他会有真情实意，而伯爵夫人则害怕他真的坠入情网，于是动员她所有的朋友，包括伯爵的情妇，来阻止伯爵的意图得逞。全剧以吕西尔不辞而别结束。阿努伊并未重复马里沃的“有情人终成眷属”的老套，而是在俏皮尖刻的讽刺中，慨叹一个成人化的、一切以性为中心的环境如何玷污了吕西尔所象征的童年的纯洁。金玉其外，败絮其中，这是以《排演，或被惩罚的爱情》为代表的闪光戏剧的主旨。

刺耳戏剧是一种比黑色戏剧更令人窒息的戏剧，它在黑色的背景上又响起了一阵令人恼怒的喧嚣。《可怜的比托斯，或化装晚宴》也许是阿努伊最尖刻的一出戏了。比托斯是洗衣妇的儿子，从小受尽同伴的欺侮和揶揄，第二次世界大战之后，他当上了共和国的代理检察长。昔日鄙视他、欺侮他的那些贵族子弟又串通起来，组织了一次化装晚宴。他们说服他扮演罗伯斯庇尔，其余的人也分别扮演大革命时期其他著名人物，如丹东、圣鞠斯特、米拉波等。他们都按照各自的性格说话、行动。争吵、阴谋、清洗、屠杀，革命派内部的腐化，反动贵族的抵抗，都通过他们的嘴再现了出来。结果，比托斯因为扮演了罗伯斯庇尔而再次受到奚落。“罗伯斯庇尔，您将吃鞭子，因为您穷并以此为荣。”这句话点出了主题。这出戏反映了阿努伊的思想最阴暗的一面。无论是左派、右派、贵族、资产阶级、人民群众，都在他的讽刺之列。他对大革命时期的“特别法庭”和法国一九四五年解放后肃清“法奸”都采取了否定的态度。

阿努伊的“古装戏剧”是指穿着古代服装的历史剧，上面谈到的《可怜的比托斯，或化装晚宴》，虽也有历史的场面，其实只不过是在作戏，那些历史人物，除了比托斯误解了主人的意思全身披挂之外，其余的人都还穿着日常的流行服装，只是头脸扮成了各自的角色。“古装戏剧”中最著名的是《贝克特，或上帝的荣誉》。故事发生在十二世纪的英国。托马斯·贝克特是亨利二世的战友和政治顾问，被任命为大法官；后又于一一六二年被任命为坎特伯雷大主教。他一贯支持亨利二世，特别是支持他反对教会的斗争。但是，他被任命为大主教之后，就认为自己负有维护“上帝的荣誉”的使命，因此不得不违背国王的旨意而保卫教会的权益。他被流放到法国，回到英国时被国王的人暗杀，国王作了公开的忏悔。贝克特是阿努伊创造的最复杂的形象之一，其深刻性表现在信仰和责任的冲突上。贝克特受到责任感的驱使，为一个他自己并不相信的事业付出了生命。题材是历史的，表现的依然是人类的某种不可平复的痛苦。

阿努伊把他的剧作分为“玫瑰”、“黑色”等五种，主要是从处理手法的角度着眼，并不是指剧本的内容。内容可以千变万化，作者如何处理却有一种相当稳定的方式。如果说“玫瑰色”是指阿努伊的向往、追求或依恋而“黑色”是指他对当代世界的悲观乃至虚无的看法的话，那么，我们可以说，他的大部分戏剧都是玫瑰色和黑色的交叉，而以黑色为其结局，不管玫瑰色如何顽强地表现自己，不时地发出耀眼的光芒，但它终究只是一些转瞬即逝的亮点，最后总是被淹没在一片浓重的黑色之中。

《安提戈涅》一直被认为是阿努伊的一部代表作，它被列为“黑色戏剧”，但同时兼有“玫瑰戏剧”和“刺耳戏剧”的特色。

《安提戈涅》取材于希腊神话，直接脱胎于两千五百年前希腊悲剧诗人索福克勒斯的名剧《安提戈涅》。两个《安提戈涅》，区别在于主题思想和戏剧语言。索福克勒斯的安提戈涅是个女英雄的形象，成熟、端庄、威严，具有一种严肃崇高的美。她面对的是一个暴君，她的斗争得到人民群众的同情和拥护，她的不畏强暴的反抗精神具有一种使人振奋的力量。全剧的主题反映了神与人、不成文法（神的意志）与成文法（国家法律）之间的冲突。而阿努伊的安提戈涅则比较复杂。她长得又黑又小，不事修饰，性格倔强得近乎古怪，是一个让人不得安宁的“刺头”。如果说她也是美的，那么，她具有的是一种与众不同的美。那不是俗人眼中的美，焉能赏心悦目？那是一种精神的美，令人不安的美，迫使人们对周围世界产生怀疑、不满进而导致某种反抗的美。因此，她的斗争虽然没有得到人民群众的同情和支持，但她的死足以发人深省，使人震动，进而抛弃那种逆来顺受、心安理得的精神状态。

宁死不屈，这是安提戈涅最鲜明的性格特征。所谓“不屈”，有两方面的含义。一方面，她敢于承担自己行为的最严重的后果，死亡的威胁并不能使她去寻找某种借口来逃避自己的责任。另一方面，她坚持对生活的最苛刻的要求，宁肯死去也不愿意接受任何妥协。她不肯“满足于小小的一块”，她说：“我要一切，立刻——完整的一切——否则我就拒绝。”她并非不热爱生活，只是不知道“怎样做才能幸福”。她对幸福的理解既不同于克瑞翁，也不同于周围其他人。她要求生活永远同她小时候一样美。当然，她小时候的世界也许与现实的世界并无多大区别，但那个世界是个孩子眼中的世界，一切都是那么率真，那么纯洁，没有利害的冲突，没有权力的争夺，总之，一切都与成人世界的卑鄙肮脏绝缘。因此，克瑞翁们眼中的幸福，在她看来，无异于狗嘴里的一块骨头，她绝不肯像他们那样，“像保卫一块骨头一样保卫幸福”。

安提戈涅保卫的是童年的纯洁，她不愿意长大，不愿意失去孩子的眼光。一旦她长大了，看见了成人的卑劣行径，她就发出了痛苦的喊声：“不！”她对克瑞翁的法律说“不”，她对姐姐和未婚夫的规劝说“不”，她对整个生活说“不”。她陷入绝对的否定和虚无。童年和成年在这里形成强烈的对比。

在剧中，安提戈涅是个二十岁的姑娘，然而，阿努伊却处处在“小”字上做文章。在形体上，她是瘦小的；在精神上，她时时都在回忆童年时代的生活；在行动上，她天不亮就光着脚溜进花园，她和她的狗说话，她仍然和乳娘保持着孩提时的那种关系；此外，阿努伊让她拿着儿童玩的小铲子去掩埋她哥哥的尸体，让克瑞翁送给她洋娃娃，等等。这种在“小”字上所做的文章显然有着深刻的含义。它意味着，在那样一个是非混淆、岌岌可危的世界中，一切与成人相联系的东西都遭到了玷污，变得卑鄙丑恶，而一切美好的东西则无不与纯洁无邪的童年相联系。但是，童年毕竟一去不返，无可奈何的回忆和依恋在黑暗的现实面前碰得粉碎，这正是安提戈涅的悲剧的最深刻的根源。

安提戈涅有理想，她的理想是一个未曾被人类的卑劣玷污的世界，正如她所说：“当一座花园还没有想到人的时候，那可真美。”在那个世界里，人与人之间是一种自然的关系，不受利害关系制约。因此，她敢于蔑视克瑞翁的禁令，坚持要掩埋她的哥哥，尽管他被宣布为城邦的叛徒。在她看来，血缘的关系远比政治的关系重要。这当然是一种未涉世事的孩子的看法，然而正是这种看法与克瑞翁的禁令，即一种出于政治目的的考虑，发生了尖锐的矛盾，造成了最基本的戏剧冲突。在现实的社会中，安提戈涅的这种理想化的纯洁是根本不能实现的，必然要在克瑞翁的粗俗的现实主义面前碰得粉碎。然而，安提戈涅获得了精神上的胜利，她以一种自由人的姿态战胜了为谋求实际利益而处处妥协的克瑞翁，逼得他承认自己扮演了一个不光彩的角色。安提戈涅是自由的，她要求死，她能够达到自己的目的，而克瑞翁则是不自由的，他被迫干自己不愿意干的事情，他想拯救安提戈涅而不能。因此，我们可以说，安提戈涅是精神上的强者。她的理想虽然是消极的，不可能实现的，却不能说她的斗争是没有意义的。她说："没有小安提戈涅，你们大家本来可以心安理得的。"正因为有了这个让人不得安宁的小安提戈涅，那些在生活中浑浑噩噩打发日子的人才受到了震动，受到了启发，开始对周围的世界发生了疑问。克瑞翁最后陷入孤独，就是最好的说明。

克瑞翁与其说是一个暴君，不如说是一个庸庸碌碌的事务主义者。他本来是个有艺术家气质的人，有能力欣赏音乐和装潢精美的书籍，但他一觉醒来成了国王，就不得不挽起袖子干下去。"身在其位，即谋其政"，这是他的座右铭。他并非不知道当国王是一桩不光彩的事，但是由于他采取了妥协的态度，说了"是"，他就不得不硬着头皮干下去。因此，表面上强大的克瑞翁内心是虚弱的，行动上是孤独的，没有任何人能够帮助他。实际上，他对于"领导民众"这件事，经常是抱有怀疑，甚至是厌倦的态度。

他真心地喜爱安提戈涅，想要拯救她的生命，然而，具有深刻的讽刺意味的是，手握生杀大权的国王竟救不了一个弱女子的命：安提戈涅但求一死，克瑞翁竟不能不让她死。原因在于他们之间的冲突是两种生活哲学的冲突，其尖锐的程度不是任何人可以缓和的。在这里，克瑞翁代表的是一种消极地接受既成事实的生活态度。他自以为珍宝的“幸福”，实在只是一种物质上的满足，因此，当他在安提戈涅面前揭穿了政治的真正内幕，已经快要说服她的时候，他只因说出了“幸福”两个字，便前功尽弃，把刚要到手的胜利永远地葬送了。

克瑞翁是个复杂的人物，面对着安提戈涅对待生活的咄咄逼人的虚无态度，他的讲求实际的作风还是表现了某种成人的智慧。因此，克瑞翁在剧中不是一个完全被否定的人物。他的软弱，他的孤独，多少反映了阿努伊的一种无可奈何的同情心。许多人认为，《安提戈涅》是一部存在主义的作品，表现的是当代社会的荒诞性。如果说有什么荒诞的话，我们可以说，克瑞翁的思想行为就是剧中最为荒诞的了。他的荒诞要比安提戈涅的荒诞更深刻，因为他是完全清醒、自觉的。阿努伊的绝望在克瑞翁的身上得到了最充分的表现。

由于安提戈涅和克瑞翁这两个人物的复杂性，《安提戈涅》的含义一直是个争论不休的问题。这出戏是一九四四年二月上演的，六个月之后巴黎即获解放。演出之后，就出现了两种针锋相对的意见。一些人认为，这出戏歌颂了抵抗运动，安提戈涅是抵抗的英雄；另一些人则认为，这出戏赞扬了维希政权，而克瑞翁是贝当分子的发言人。阿努伊本人对这两种意见都一笑置之，他不承认他的剧本有任何政治上的意义。时过境迁，今天不会再有人去探求这出戏有什么具体的影射了，但当时所以有那样对立的意见，却使我们更清楚地看到了阿努伊本人的矛盾与惶惑。

阿努伊是个富于革新精神的艺术家，他从传统中吸收营养，又不泥古不化，表现出一种推陈出新的精神。他所尊敬的老师是莫里哀、缪塞、季洛杜、皮兰德娄……他并不刻意编织故事，他靠平易亲切的语言，真挚的诗意，鲜明的人物性格，使他的剧作具有一种异乎寻常的吸引力。安提戈涅的故事，在西方是家喻户晓的，阿努伊敢于重复这个故事，更不怕在戏的开头就把底细和盘托出。令人吃惊的是，剧中人竟穿着现代人的服装，满嘴现代人习用的东西，如明信片、咖啡、酒吧、香烟、长裤之类。然而，惊讶之余，人们不是感到古希腊的事情就发生在他们身边吗?

当然，在阿努伊的近四十个剧本中，并不是只有《安提戈涅》的简洁和朴素。有人认为他后期的剧本是一种“怪异戏剧”，就说明了他创作手法的丰富。

安提戈涅

让·阿努伊

本剧于一九四四年二月四日在巴黎的工坊剧场首演，由安德烈·巴萨克（André Barsacq）执导和布景。

| 人物表 |

安提戈涅

俄狄浦斯和伊俄卡斯忒的女儿，厄忒俄克勒斯、波吕尼刻斯、伊斯墨涅的妹妹。

莫内尔·瓦朗坦（Monelle Valentin）饰演。

克瑞翁

伊俄卡斯忒的哥哥，安提戈涅的舅父，在两位王子死后成为忒拜城的国王。

让·达维（Jean Davy）饰演。

海蒙

克瑞翁和欧律狄刻的儿子，安提戈涅的未婚夫。

安德烈·勒加尔（André Le Gall）饰演。

伊斯墨涅

安提戈涅的姐姐。

苏珊·弗隆（Suzanne Flon）饰演。

欧律狄刻

克瑞翁的妻子。

苏珊·达尔蒂（Suzanne Dalthy）饰演。

乳母

奥黛特·塔拉扎克（Odette Talazac）饰演。

克瑞翁的侍从

让·梅泽雷（Jean Mézeray）饰演。

三卫士

埃德蒙·博尚（Edmond Beauchamp）、保尔·玛多斯（Paul Mathos）、让·西尔韦（Jean Sylver）饰演。

报信人

R.G. 朗博维勒（R.G. Rambauville）饰演。

歌队 ①

奥古斯特·博韦里奥（Auguste Bovério）饰演。

---

① 剧中实际上只是一人。

没有特色的布景。三道相似的门。幕启，剧中人物都在舞台上。他们有的闲谈，有的织毛衣，有的打牌。

念开场白的人离开众人，走上前来。

念开场白的人

好了。这些人物将向你们演出安提戈涅的故事。安提戈涅，就是坐在那边的那个纤瘦的、默默不语的小姑娘。她两眼直视前方。她在想。她在想一会儿她将成为安提戈涅，将突然从一个黑黑的、孤僻的、纤瘦的、在家里谁也不认真对待的小姑娘，一变而孤身面对世界，面对克瑞翁，她的舅父，国王。她想她将死去，她还年轻，她本来也很愿意活着，但是，毫无办法。她叫安提戈涅，她得把她的角色一直扮到底……自从幕一拉开，她就感到她正以一种令人眩晕的速度离开她那同一年轻人谈笑的姐姐伊斯墨涅，离开所有我们这些安详地看着她的人，离开我们这些今天晚上不去死的人。

和金发、美丽、幸福的伊斯墨涅谈话的年轻人是海蒙，克瑞翁的儿子。他是安提戈涅的未婚夫。但是，他身上的一切都该使他倾心于伊斯墨涅：喜欢跳舞和运动，渴望幸福和成功，还有她的性感，因为伊斯墨涅比安提戈涅美丽得多。可是一天晚上，开舞会的那天晚上，他只跟穿着新衣裙、光艳照人的伊斯墨涅跳舞的那天晚上，他却找到了在一个角落里出神的、正像现在这个样子胳膊抱着双膝的安提戈涅，请求她做他的妻子。谁也不明白为什么。安提戈涅抬起一双严肃的眼睛，毫不惊奇地望着他，忧郁地悲凉一笑，对他说："好吧。"……乐队奏起一支新的舞曲，那边，伊斯墨涅在一群年轻人中间大笑，就这样，海蒙将要成为安提戈涅的丈夫。他不知道在这个世界上根本就不该存在安提戈涅的丈夫，而他的王子称号只是给了他死去的权利。

这个强壮的、白发皤然、正在侍从身旁冥想的人是克瑞翁。他是国王。他满脸皱纹，他疲倦了。他正演着领导民众的困难把戏。从前，在俄狄浦斯的时代，他还仅仅是宫廷的第一号人物，他喜欢音乐，喜欢装潢精美的书籍，喜欢在忒拜城的小古董店里流连。可是，俄狄浦斯和他的儿子们死了。他丢开了自己的书籍、古玩，挽起袖子，接替了他们的位置。

有时候，晚上，他累了，自问领导民众是否徒劳无益，是不是一个应该让别人、让更粗俗的人干的肮脏职务……可是，第二天早晨，桩桩具体问题提出来了，应该解决，他又心安理得地起床，像工人一样开始一天的劳作。

那个正在织毛衣的老妇人，坐在抚养了两个孩子的乳母身旁，她是欧律狄刻，克瑞翁的妻子。她在整个悲剧中一直在织毛衣，直到轮到她站起来，死去。她心地善良、庄重、慈祥。她对他毫无帮助。克瑞翁茕茕孑立，身边只有一个小侍从。侍从太小了，也对他毫无帮助。

里边那个脸色苍白的年轻人，孑然一身，靠着墙出神，他是报信人。就是他将要来通报海蒙的死讯。为此，他无心闲谈，与人周旋。他已经知道了……

最后，那三个面孔发红的打牌的人，帽子扣在后脑勺上，他们是卫士。他们并不是坏人。他们有老婆，有孩子，像众人一样有些令人烦恼的琐事，但是他们一会儿将最若无其事地抓住被控告的人。他们的身上散发着蒜味、皮革味和红酒味儿，他们没有任何想象力。他们是些永远做不了主的助手，永远对自己、对司法感到满意。眼下，他们是克瑞翁的司法方面的助手，直到忒拜的正式承命的新首领命令他们逮捕他为止。

现在，诸位认识他们全体了，他们可以向你们演出他们的故事了。故事开始于这样的时刻，那时，俄狄浦斯的两个儿子，厄忒俄克勒斯和波吕尼刻斯每人一年，轮流统治忒拜城。在一年的权力结束之时，长子厄忒俄克勒斯拒绝让位，兄弟两人在城下厮杀，双双毙命。在忒拜的七个城门前，波吕尼刻斯勾结的七个著名外国王子纷纷战败。现在城市得救，敌对的两兄弟毙命。国王克瑞翁发出命令，说厄忒俄克勒斯是个好兄长，将享有隆重的葬礼，而波吕尼刻斯则是无赖、叛逆、流氓，不受哀悼，曝尸旷野，任乌鸦和豺狼撕食。谁胆敢为之举行葬礼，一律格杀勿论。

在念开场白的时候，人物一一退下。最后念开场白的人亦退下。

舞台上灯光变换。现在是灰白色的黎明，在一幢沉睡着的房子里。

安提戈涅半推开门，从外面蹑手蹑脚地走进，赤足，手上拎着鞋。她站了片刻，不动，倾听。

乳母出场。

乳母

你从哪儿回来？

安提戈涅

刚散步来着，奶妈。真美呀。一切都是灰蒙蒙的。你不会知道的，现在，一切都已变成玫瑰色、黄色、绿色的了。变成了一张明信片。奶妈，如果你想看看没有颜色的世界的话，你得起得更早才行。

她要走开。

乳母

天还黑着，我就起来了，我到你房里看看你是不是睡着蹬开了被子，可是你已不在床上了！

安提戈涅

花园还在睡觉，我就闯进去了，奶妈。我在它不知道的时候看见了它。当一座花园还没有想到人的时候，那可真美。

乳母

你出去了。我去后门了，你门都没关上。

安提戈涅

田野一片湿润，在等待着。一切都在等待着。我一个人在路上弄出很大的声音，我感到难为情，因为我知道它们等待的不是我。于是，我就脱了鞋，在田野没有觉察到的时候，溜进去了。

乳母

上床前你得洗洗脚。

安提戈涅

今天早晨我不再睡了。

乳母

四点钟！还不到四点钟！我起来看她是不是蹬了被子。可我看到的是一张空床，被窝里没有人。

安提戈涅

如果每天早晨都起来这么早，每天早晨都是到外面去的第一个姑娘，那就每天早晨都这样美，你相信吗，奶妈？

乳母

夜里！现在还是夜里！而你想让我相信你去散步了，撒谎！你从哪儿回来？

安提戈涅（奇怪地微笑）

真的，这还是夜里。田野上，只有我一个人认为这是早晨。真是奇妙，奶妈。今天，我准是第一个起来的。

乳母

装疯！装疯！我知道这一套把戏。我在你之前做过姑娘，而且也是不听话，可不像你这么刺头。你从哪儿回来，坏姑娘？

安提戈涅（突然严肃起来）

不，我不坏。

乳母

你有约会吗？嗯？你敢说没有？

安提戈涅（温柔地）

是的。我有约会。

乳母

你有一个情人？

安提戈涅（奇怪地沉默了片刻）

是，奶妈，是，他怪可怜的。我有一个情人。

乳母（发作起来）

啊！干的好事！真不像话！你，国王的女儿！你活该受苦，你抚养了她们，活该受苦！她们都是一个样子。你总还不至于像她们那样，在镜子前打扮个不停，嘴上涂口红，变着法儿引人注意吧。我多少次对自己说："神啊，这个小家伙，她不那么风骚！老是穿着那身衣裙，头发也乱蓬蓬的。小伙子们眼睛只盯着伊斯墨涅，她卷头发，扎发带，他们把这小家伙丢给我了。"哼，你看，你跟你姐姐一样，而且还要坏，假正经！他是谁？也许是个二流子，嗯？一个你不能跟家里这样说的小伙子："这就是我爱的人，我要嫁给他。"是这样，嗯，是这样吧？说话呀，吹牛皮的！

安提戈涅（还带着不易察觉的微笑）

是，奶妈。

乳母

她还说是！天哪！我从小就抚养她；我向她可怜的母亲许下诺言，把她抚养成个好姑娘，可是今天成了这样！不过，事情不能这样了结，小家伙。我只不过是你的奶妈，你把我当成一个老笨蛋，好哇！但是，你舅舅，你舅舅克瑞翁会知道的。我向你保证！

安提戈涅（突然有些倦态）

是，奶妈，我舅舅会知道的。现在别管我了。

乳母

当他知道你夜里起来，你看他会说什么。还有海蒙呢？你的未婚夫呢？她是订了婚的呀！她订了婚，还早上四点钟起床去跟另一个鬼混。而她还说让人别管她，想让人什么也不说。你知道我要干什么吗？我要揍你，像你小时候一样。

安提戈涅

嬷嬷，你别那样大声喊叫。你今天早晨不该对我这么凶。

乳母

别喊!？我还不该喊!？我向你母亲许下诺言……她要是在的话，她会对我说什么呢？“老笨蛋，是啊，老笨蛋，你没有能看管好我的小家伙，让她纯洁无瑕。老是喊，老是当看家狗，老是用毛衣包着她们怕冻着，或是让她们吃蛋黄奶好强壮起来；可是，早晨四点钟，你睡觉，老笨蛋，你睡觉，你不应该闭上眼睛不管，可你让她们溜掉，土拨鼠[①]，当你来的时候，床已经冷了！”这就是当我上天的时候你母亲将对我说的话，而我会感到羞愧，羞愧得要死，我只能低下头，回答说：“伊俄卡斯忒太太，这是真的。”

安提戈涅

不，奶妈。别哭了。当你再见到她的时候，你可以正面看着妈妈。她将对你说：“你好，嬷嬷，谢谢你抚养了小安提戈涅。你把她照顾得很好。”她知道我今天早晨为什么出去。

乳母

你没有情人？

安提戈涅

没有，嬷嬷。

乳母

你是要弄我吗？你看，我太老了。尽管你脾气不好，我还是最喜欢你。你姐姐比你温柔，可我认为还是你爱我。如果你爱我，你该对我说实话。为什么我去找你的时候，你的床是凉的？

---

① 意谓懒惰。

安提戈涅

别哭了，求求你，嬷嬷。（*她拥抱她*）算了，我的老红苹果[①]。你知道我揉搓你是为让你更光亮吗？我的老苹果全是皱纹啦。别为了这样的傻话满脸淌得都是泪。我是纯洁的，我除了海蒙，我的未婚夫，没有别的情人，我向你发誓。如果你愿意，我甚至可以发誓，我永远不会有别的情人……留着你的眼泪，留着你的眼泪吧；你可能还会需要的，嬷嬷。当你这样哭的时候，我又重新变小了……可是，今天早晨，我不应该是个孩子。

伊斯墨涅进来。

伊斯墨涅

你已经起来了？我从你的房间来。

安提戈涅

是啊，我已经起来了。

乳母

两个都这样！……你们俩都疯了，你们起得比仆人还早？你们认为早上空着肚子站着好吗？公主这样做是体面的吗？你们甚至连外衣都没穿。看吧，你们还要叫我难受呢。

---

① 形容脸上满是皱纹。

安提戈涅

你走吧，奶妈。天不冷，你放心；已经是夏天了。去给我们煮咖啡。（她坐下，突然感到疲倦）我真想喝点咖啡，嬷嬷，喝了咖啡我就舒服了。

乳母

我的小鸽子！她空着肚子都头晕啦，而我居然像个傻子似的站着，没去给她弄点热东西吃。

她很快地出去。

伊斯墨涅

你病了？

安提戈涅

没什么。有点儿累。（她微笑）这是因为我起得早。

伊斯墨涅

我也没有睡。

安提戈涅（还在微笑）

你得睡觉。不然的话，明天你就没那么美了。

伊斯墨涅

别挖苦我。

安提戈涅

不是挖苦。你漂漂亮亮的，这样我今天早晨心里就踏实了。我小的时候，是那么凶，你还记得吗？我往你身上弄泥，我把虫子放在你脖子上。有一次，我把你绑在树上，剪断你的头发，你的美丽的头发（她抚摩伊斯墨涅的头发）有着这些美丽而光滑的发绺，这么整齐地环绕着你的头，不想那些蠢事该多容易啊！

伊斯墨涅（突然地）

你为什么说别的？

安提戈涅（温柔地，继续抚摩着头发）

我没有说别的……

伊斯墨涅

你知道，我想了很多，安提戈涅。

安提戈涅

嗯。

伊斯墨涅

我想了一整夜。你真是疯了。

安提戈涅

嗯。

伊斯墨涅

我们不能。

安提戈涅（沉默片刻，然后她小声地）

为什么?

伊斯墨涅

他会处死我们呀。

安提戈涅

当然啰。每个人扮演自己的角色。他应该处死我们，而我们，我们应该去掩埋哥哥。角色就是这样分配的。你想要我们怎么做呢?

伊斯墨涅

我不愿意死。

安提戈涅（温柔地）

我也不愿意死啊。

伊斯墨涅

听着，我认真思索了一整夜。我是姐姐。我考虑得比你成熟。你呢?你是头脑一时发热，如果做下一件蠢事，那就该倒霉了。而我更冷静。我思考。

安提戈涅

有时候，不该考虑过多。

伊斯墨涅

不，安提戈涅。首先，这太可怕了，当然，我也可怜我的哥哥，但是，对舅舅，我还是有些了解的。

安提戈涅

我，我可不愿意有些了解。

伊斯墨涅

他是国王。他得以身作则。

安提戈涅

可我，我不是国王。不该我以身作则，我。……她脑袋发热，小安提戈涅，脏猴儿，小顽固，坏丫头，然后人家把她放在一个角落里或一个洞里。她活该！她只要别不听话就好了！

伊斯墨涅

得啦！得啦！……你眉毛一拧，两眼发直，谁的话也不听，你就冲出去啦。听我的话吧。往往是我比你有理。

安提戈涅

我不愿意有理。

伊斯墨涅

至少你该努力弄明白呀!

安提戈涅

明白……从我小时候起，你们所有的人嘴上就只有这个词儿。应该明白不能碰水，碰那流动的、冰冷的水，因为它弄湿地板；不能碰土，因为它弄脏裙子。应该明白不该一下子什么都吃光；不该碰到一个乞丐就把口袋里的东西给光；不该在风里跑呀，跑呀，直跑到跌倒；不该在热的时候喝水，不该在太早或太晚的时候洗澡，也不该在正想洗的时候洗！明白，总是明白。我，我不愿意明白。等我老了的时候，我会明白的。（她轻轻地结束）如果我老了的话。现在不。

伊斯墨涅

他比我们有力量，安提戈涅。他是国王。城里的人都像他那样想。他们成千上万，在我们周围，挤满了忒拜城的大街小巷。

安提戈涅

我不听你的。

伊斯墨涅

他们会嘘我们。他们会用成千上万的胳膊，成千上万的面孔，同仇敌忾的目光抓住我们。他们会往我们脸上吐唾沫。我们还得在他们的憎恨中乘着囚车前进，闻着他们的气味，听着他们的嘲笑声，直到被处以极刑。在那里还有卫士，在他们那僵硬的脖子上是充血的愚蠢的脑袋，他们那没洗干净的粗大的手，他们那牛一样的眼睛——人们感到总是可以叫喊，试图让他们明白事理，可他们却像黑人一样，一丝不苟地干别人让他们干的事，不辨善恶……痛苦吗？会受苦的，会感觉到痛苦越来越强烈，感觉到它增加到不能忍受的程度；它该会停住的，然而它还在继续，还在加重，仿佛一阵尖利刺耳的声音……噢！我不能，我不能……

安提戈涅

你真是什么都想到了！

伊斯墨涅

整整一夜。你没有？

安提戈涅

我当然想了。

伊斯墨涅

我，你知道，我不太勇敢。

安提戈涅（温柔地）

我也不啊。但是这有什么用呢？

沉默，伊斯墨涅突然问道。

伊斯墨涅

你难道不想活着，你？

安提戈涅（低语）

不想活着……（声音更轻地，如果可能）是谁早晨第一个起来，只是为了在裸露的皮肤上感受到清凉的空气？是谁晚上累得受不住了，才最后一个睡去，为了再在夜里生活片时？是谁在小小的年纪就因为想到草地上有那么多小生灵，那么多青草，想到人们不能把它们都收养起来而落泪？

伊斯墨涅（突然一阵冲动，扑向她）

我的小妹妹……

安提戈涅（身子一挺，喊）

啊，不！放开我。别摸我！现在我们别一块儿哭哭啼啼。你说，你认真考虑过了？你想全城都嘘你，你想到痛苦和恐惧，这就够了？

伊斯墨涅（低下了头）

是。

安提戈涅

那你就以这些为借口吧。

伊斯墨涅（扑向她）

安提戈涅！我求求你！信仰一种思想，为它而死，这对男人是好的，可你是个姑娘。

安提戈涅（咬紧牙关）

一个姑娘，是的。难道我为自己是个姑娘还哭得不够吗？

伊斯墨涅

你的幸福就在眼前，你只要伸手抓住就行了。你订了婚，你年轻，你美……

安提戈涅（阴沉地）

不，我不美。

伊斯墨涅

不像我们，你是另一种美。你知道得清清楚楚，在街上那些小伙子是因为你而回转身来，小姑娘们看到你走过，突然鸦雀无声，目光紧跟着你，直到你转过弯去。

安提戈涅（不易察觉地微笑）

小伙子，小姑娘……

伊斯墨涅（沉默片刻）

海蒙呢，安提戈涅？

安提戈涅（坚决地）

我一会儿就跟海蒙说，一会儿海蒙的事就完了。

伊斯墨涅

你疯了。

安提戈涅（微笑）

你总跟我说我疯了，什么事都总是说我疯了。去再睡会儿吧，伊斯墨涅……现在天亮了，你看，反正，我什么也干不了啦。我死去的哥哥由卫士围着，跟他做了国王完全一样。去再睡会儿吧。你累得脸色苍白。

伊斯墨涅

那你呢？

安提戈涅

我不想睡……可是，我保证在你醒来之前不离开这儿。奶妈要给我拿吃的来了。去睡吧，太阳刚刚升起。你困得眼都睁不开了。去……

伊斯墨涅

我会说服你的，是吗？我会说服你吗？你还让我再跟你谈谈吗？

安提戈涅（有些厌倦）

嗯，我还让你跟我谈谈。所有的人，我都让你们跟我谈谈。现在去睡吧，我求求你。你明天不会那么美了。（她凄然一笑，看着她出去，然后她突然疲倦地坐在椅子上）可怜的伊斯墨涅！……

乳母进来。

乳母

看，热腾腾的咖啡和面包片来了，我的小鸽子。吃吧。

安提戈涅

我不太饿，奶妈。

乳母

我亲自给你烤的，像你喜欢的那样涂了黄油。

安提戈涅

你真好，奶妈，我只喝点吧。

乳母

你哪儿不舒服？

安提戈涅

哪儿也没不舒服，嬷嬷。但还是安慰安慰我吧，像我生病的时候那样……嬷嬷能战胜发烧，能战胜噩梦，能战胜柜子的阴影，它在冷笑，在墙上不断地变化着；能战胜寂静中的千百个虫子，它们在黑夜的某个地方噬咬着什么东西；能战胜黑夜本身，连同它那听不见的嘶哑的狂号；嬷嬷能战胜死亡。把你的手给我，如同你守护在我的床边一样。

乳母

你怎么了，我的小鸽子？

安提戈涅

什么也没有，嬷嬷。只是对于这一切我还嫌年幼一点。可是，只有你一个人应该知道。

乳母

为什么还太年幼，我的小山雀？

安提戈涅

不为什么，嬷嬷。再说，你还在这儿。我握着你粗糙的手，它总是能拯救一切，我知道得很清楚。也许它还会拯救我。你是那么强有力，嬷嬷。

乳母

你要我为你做什么，我的小斑鸠？

安提戈涅

什么也不，嬷嬷，只把你的手这样放在我脸上吧。（她两眼闭上，停了一会儿）这样，我就不害怕了。不怕凶恶的吃人精，不怕刀剑，也不怕抓小孩的毛猴子……（又沉默一刻，以另一种口吻）嬷嬷，你知道，杜斯，我的狗……

乳母

嗯。

安提戈涅

你答应我再也别骂它了。

乳母

一个用它的爪子把什么都弄脏的畜生！它本来就不该进屋！

安提戈涅

哪怕它把什么都弄脏了。答应我吧，嬷嬷。

乳母

那么我该让它把什么都弄坏而一声不吭吗？

安提戈涅

是的，嬷嬷。

乳母

啊，这可有点过分了！

安提戈涅

求求你，嬷嬷。你喜欢它，杜斯，喜欢它的大脑袋。再说，你也喜欢擦擦洗洗的。如果什么都老是那么干净，你会难受的。我求你：别骂它。

乳母

如果它往地毯上撒尿呢?

安提戈涅

尽管这样，你也得答应我不骂它。我求求你了，说呀，我求求你了，嬷嬷。

乳母

你仗着撒娇……好吧，好吧。我擦，什么也不说。你把我变成个蠢老婆子了。

安提戈涅

还有，答应我跟它说说话，经常跟它说说话。

乳母（耸耸肩）

见过这样的吗？跟畜生说话！

安提戈涅

恰恰是不要像跟畜生说话那样。要像跟一个真正的人那样，像你听见我跟它说话那样……

乳母

啊，这可不行！在我这个年纪装傻！可是，为什么你要全家人都像你那样跟这个畜生说话呢？

安提戈涅（温柔地）

如果我因为这样那样的原因，不能再跟它说话了……

乳母（不解）

不能再跟它说话了，不能再跟它说话了……为什么？

安提戈涅（头微微一偏，补充道，声音严峻）

如果它太伤心了，如果它还老是像在等待着——当我出去的时候，它把鼻子伸到门下——也许最好是把它杀掉，嬷嬷，但是别让它受罪。

乳母

把它杀了，我的小亲亲？杀了你的狗？你今天早晨疯了！

安提戈涅

不，嬷嬷。（海蒙出现）海蒙来了。走吧，嬷嬷。别忘了你跟我发的誓。

乳母出去。

安提戈涅（跑向海蒙）

原谅我，海蒙，原谅我昨天晚上跟你吵架，原谅我的一切吧。是我错了。我请求你原谅我。

海蒙

你知道你刚刚摔门走了，我就原谅了你。你的香气还留在那儿，我就已经原谅了你。（他拥抱她，微笑，望着她）那香水你是偷谁的？

安提戈涅

伊斯墨涅的。

海蒙

还有口红、香粉、美丽的裙子呢？

安提戈涅

也是。

海蒙

为什么你打扮得这么漂亮？

安提戈涅

我一会儿跟你说。（她更紧地靠着海蒙）噢！亲爱的，我真傻！一个晚上全糟蹋了！一个美好的晚上。

海蒙

我们还会有其他的晚上的，安提戈涅。

安提戈涅

也许没有了。

海蒙

还有其他的争吵。幸福中充满了争吵。

安提戈涅

幸福，是的……听着，海蒙。

海蒙

嗯。

安提戈涅

今天早晨不要笑。要严肃。

海蒙

我是严肃的。

安提戈涅

抱紧我。比任何时候都更紧地抱着我。把你全部的力量都传给我。

海蒙

好。竭尽我的全力。

安提戈涅（喘息中）

真好。（他们不说话，然后，她轻声说道）听着，海蒙。

海蒙

嗯。

安提戈涅

今天早晨，我本来想跟你说……我俩将会有的小娃娃……

海蒙

嗯。

安提戈涅

你知道，我本来会不顾一切地保护他的。

海蒙

是啊，安提戈涅。

安提戈涅

噢！我会把他搂得紧紧的，他会什么也不害怕，我向你保证。不怕黑夜的来临，不怕静止的、耀眼的太阳引起的恐慌，不怕黑影……我们的小儿子，海蒙！他会有一个小小的、头发乱糟糟的妈妈，——但是比世界上一切有着丰满的胸脯、围着大围裙[①]的真正的母亲都更可靠。你相信，是吗？你？

海蒙

是的，亲爱的。

① 意谓善持家务。

安提戈涅

你也相信，是不是，你本来会有一个真正的妻子？

海蒙（拥抱她）

我是有一个真正的妻子。

安提戈涅（突然喊道，偎依着他）

噢！你爱我，海蒙，你爱我，你确实爱我吗？那天晚上？

海蒙（轻轻地摇着她）

哪天晚上？

安提戈涅

那个舞会上，你来到我待的角落找我，你确实没有找错女孩吗？你确实没有后悔吗？在你心灵深处，哪怕只有一次，你确实没有想过你不如向伊斯墨涅求婚吗？

海蒙

傻姑娘！

安提戈涅

你爱我，是吗？你像爱一个女人那样爱我吗？你搂着我的胳膊不说谎吗？你按在我背上的大手不说谎吗？你的气息，你这可亲的温暖，还有当我把头贴在你的颈窝里时感受到的这巨大的信赖，都不说谎吗？

海蒙

是的，安提戈涅，我像爱一个女人那样爱你。

安提戈涅

我又黑又瘦，伊斯墨涅像一枚果子那样白里透红，金光闪闪。

海蒙（喃喃低语）

安提戈涅……

安提戈涅

噢！我羞红了脸。但是，今天早晨，我得知道。说真话，我求你。当你想到我是你的，你是不是觉得在你心中有个大窟窿陷了下去，好像有什么东西死去了？

海蒙

是的，安提戈涅。

安提戈涅（停了一刻，一口气）

我，我觉得是这样。我要告诉你，我本来以我要成为你的妻子、真正的妻子而骄傲。晚上，你可以一边坐下，一边把手放在她身上，什么也不想，就像放在一件完全属于你的东西上面一样。（她离开他，以另一种口吻）好了。现在，我还有两件事要跟你说。当我说完了，你得出去，别问我。哪怕这些事让你觉得奇怪，哪怕让你难受。跟我发誓。

海蒙

你还要对我说什么？

安提戈涅

先跟我发誓你什么也不说就出去，甚至也别看我。如果你爱我，那就发誓吧。（她看着他，面目大变）你看到了，我是在求你，请你发誓吧，海蒙……这是你将忍受的我的最后一次疯狂。

海蒙（片刻之后）

我向你发誓。

安提戈涅

谢谢。是这样。先说昨天。你刚才问我，为什么我来的时候穿着伊斯墨涅的裙子，洒了香水，涂了口红。我真傻。你是否真的喜欢我，我不太有把握，我那样做是为了多少像其他的姑娘那样，为了引起你对我的欲望。

海蒙

是为了这个？

安提戈涅

是的。而你笑了，我们吵了起来，我控制不住我的坏脾气发作，我跑了。（她低声继续说）但是，我昨天晚上到你那里去，原本是为了让你占有我，使我提前成为你的妻子。（海蒙退了一步，要说话，她喊道）你发过誓不问为什么。你发过誓了，海蒙！（她声音更低，谦卑地）我求求你……（她转过身，语气严厉地又说）何况，我就会跟你说的。我还是想成为你的妻子，因为我为这个而爱你，我，非常强烈地爱你，因为——我将使你难过，啊，亲爱的，对不起！——我永远，永远也嫁不了你了，（海蒙惊讶得说不出话来，她跑到窗口，喊道）海蒙，你发过誓什么也不问了！出去，立刻出去，什么也不要说。如果你说话，如果你仅仅朝我迈出一步，我就从这窗口跳下去。我向你发誓。海蒙。我指着我俩梦中的孩子，我永远不会有的唯一的孩子的脑袋向你发誓。现在走吧，快走。你明天会知道的。你一会儿就会知道的。（她绝望地结束了。海蒙只得听从，远离她）我求你，走吧，海蒙。这就是你还能为我做的一切，如果你爱我的话。（海蒙出去了。她呆立不动，背朝着观众厅，然后关上窗户，回转来坐在舞台中央的一把小椅子上，轻轻地说，仿佛奇怪地平静了下来）完了。海蒙的事完了，安提戈涅。

伊斯墨涅（进来，叫着）

安提戈涅！……啊，你在这儿！

安提戈涅（不动）

是，我在这儿。

伊斯墨涅

我睡不着。我怕你出去，怕你不管天亮了还是试图去掩埋他。安提戈涅，我的小妹妹，我们都在你身边，海蒙，嬷嬷和我，还有杜斯，你的狗……我们爱你，我们，我们是生者，我们需要你。波吕尼刻斯死了，他并不喜欢你。他对我们来说始终是个外人，是个坏哥哥。忘了他吧，安提戈涅，像他忘了我们一样。既然这是克瑞翁的法律，那就让他冷酷的影子永远不被掩埋地游荡吧。别试图去做你力所不能及的事。你总是冲撞一切，可是你那么小，安提戈涅。跟我们待在一起，夜里别到那儿去，我求求你。

安提戈涅

（站起，嘴上掠过一抹奇怪的微笑，走向门口，轻声说道）

太晚了。今天早晨，你碰见我的时候，我从那儿回来。

她出去了。伊斯墨涅跟着她

伊斯墨涅

安提戈涅！

伊斯墨涅一出去，克瑞翁和侍从立即从另一扇门进来。

克瑞翁

你说一个卫士？是看守尸体的吗？让他进来。

卫士进来。这是个粗汉子。这会儿他吓得战战兢兢。

卫士（立正）

卫士约拿，第二连。

克瑞翁

你要干什么？

卫士

是这样，长官。我们抽签决定谁来。让我抽着了。于是，我就来了，长官。我来了是因为大家想最好由一个人来讲讲，还因为不能三个人都离开岗位。长官，我们是站岗看守尸体的三个卫士。

克瑞翁

你要说什么？

卫士

我们是三个人，长官。我不是独自一人。其他两位是杜朗和一等卫士布杜斯。

克瑞翁

为什么不是一等卫士来呢？

卫士

可不是吗，长官？我当时就是这样讲的，应该是一等卫士来。在没有有军衔的军士的情况下，是一等卫士负责。可他们不同意，他们愿意抽签。我应该去叫一等卫士吗，长官？

克瑞翁

不用。说吧，既然你来了。

卫士

我服务了十七年。我自愿入伍，得过勋章，两次嘉奖。我的评语很好，长官。我尊重命令。我只知道服从命令。我的上司总是说："有了约拿，我们就放心了。"

克瑞翁

这很好。说吧。你怕什么？

卫士

正常情况下，本该是一等卫士来。我已被提名为一等卫士，但还没有晋升。我该在六月份晋升。

克瑞翁

你到底还说不说？如果出什么事，你们三个人一起负责，别再说谁该来了。

卫士

好，是这样，长官，尸体……大家本来是看守着的！我们接的是两点钟的那一班，那是最艰难的一班。您知道是怎么回事，长官，那时候黑夜快过去了。两眼像铅一般沉，后脑勺往上缩，还有那些移来动去的影子，破晓时升起的晨雾……啊！他们真会选时候！……我们在那儿，说着话，跺着脚……我们没睡觉，长官，我们三个都能向您发誓我们没睡觉！当然，天气那么冷……突然，我，我看了看尸体……大伙离它两步远，可我还是时不时地看着它……我就是这样，长官，我一丝不苟地执行命令。正是为这个，我的上司们才说："有了约拿……"（克瑞翁挥手止住他，他突然喊道）是我第一个看见的，长官！他们俩会跟您说的，是我第一个报的警。

克瑞翁

报警，为什么？

卫士

尸体，长官。有人把它埋上了。噢！没什么。我们在旁边，他们来不及。只是一点点土……但总还是遮住了，秃鹫看不见它了。

克瑞翁（走近他）

你肯定不是野兽扒的土吗？

卫士

不是，长官。开始我们也希望是这样。但土是撒上去的。按照葬仪规矩。是有人存心干的。

克瑞翁

谁敢？谁发疯了。敢触犯我的法律？你找到了踪迹吗？

卫士

长官，什么也没有。只有一个比鸟儿走过去还要轻的足迹。后来，我们更仔细地寻找，杜朗卫士在稍远的地方发现了一把铲子，一把很旧的儿童玩的小铲，长满了锈。我们想这不可能是个孩子干的。一等卫士还是把它保存起来好进行调查。

克瑞翁（*沉思片刻*）

一个孩子……被粉碎的反对派又冒头了，已经在到处暗中进行破坏。波吕尼刻斯的朋友们连同他们被扣在忒拜城里的金子，发出蒜味，突然与王子结盟的平民首领们，还有企图浑水摸鱼的僧侣们……一个孩子！他们该以为这样更能打动人心。我从这里看到他了，他们的孩子，一张拿钱雇来的刺客的嘴脸，小铲子仔细地用纸包着，藏在衣服底下。除非他们真是训练了一个孩子，跟他说……对一个党派来说，这真是千金难买的清白呀。一个真正的小男孩，脸色苍白，对着我的枪吐唾沫。把这不可多得的鲜血溅在我的手上，一箭双雕。（*他朝那人走去*）但是他们有同谋，可能就在我的卫队里。听着，你……

卫士

长官，我们尽力而为了！杜朗是坐了半个钟头，因为他脚疼，可是我，长官，我可是一直站着。一等卫士会跟您说的。

克瑞翁

你们向谁提过这件事？

卫士

跟谁也没说，长官。我们立即抽了签，于是我就来了。

克瑞翁

好好听着。警戒加倍。取消换岗。这就是命令。我要你们就近守着尸体。一个字也不许说。你们疏忽有罪，无论如何要惩罚你们，但是如果你说出去了，如果有人把波吕尼刻斯的尸体上盖了土的消息在城里传开，你们三个都得死。

卫士（大叫）

我们没有说，长官，我发誓！可是我在这儿，也许他们俩已经跟接岗的人说了……（他汗如雨下，结巴起来）长官，我有两个孩子，有一个还很小。您在军事法庭前，长官，证明我在这儿。我在这儿，我，跟您在一起！我有证人！如果有人说了，那是他们，不是我！我有证人，我！

克瑞翁

快滚。如果无人知晓，你还能活命。（卫士跑下。克瑞翁沉默。突然，他低声说道）一个孩子……（他抓住小侍从的肩膀）过来，小家伙。现在我们得说一说……然后，好事就开始。你会为我去死吗？你？你相信你会带着小铲子去吗？（小侍从看着他。他同他出去，抚摩着他的头）是啊，你会立刻就去的，你也是……（他出去，听到他的叹息声）一个孩子……

他们出去。歌队上场。

歌队

现在，弹簧业已绷紧。事件自会展开。这是悲剧的方便之处。手指轻轻一推，事件就发动了，一桩微不足道的小事，投向那个在街上走过、举起手臂的姑娘的一瞥，某个早晨一觉醒来，如同希求某种吃食一样萌发的非分之想，某个晚上提出的一个多余的问题……这就足够了。然后随它自去。无须操心。它自己转动起来。结构精细，转动灵活，历来如此。死亡，叛卖，失望，一应俱全，准备停当。巨响，风暴，寂静。各种各样的寂静：结束时的寂静，刽子手举起了屠刀；开始时的寂静，两个情人在漆黑的房中第一次裸体相向，不敢立即有所动作；当群众向胜利者欢呼时的寂静——仿佛是一部无声的影片，所有的嘴巴都张开着，却没有任何声音出来，这一切喧闹只不过是一幅图画，而胜利者却已经被打败，孤零零地处在一片寂静之中……

悲剧是高尚的，使人宁静，万无一失……在正剧中，所有这些叛徒，这些狂热的恶棍，这受尽折磨的无辜者，这些复仇者，这些热诚之士、希望之光，这一切使死亡变得恐怖异常，犹如一场灾祸。也许能够逃脱，善良的年轻人也许能够领着警察及时赶到。在悲剧中，人们心情平静。首先，人们在自己人之中。总之，所有的人都是无辜的！并非因为有一个人杀人，另一个人被杀。这是角色的分配问题。尤其是，悲剧使人宁静，因为大家知道再没有希望了，肮脏的希望；大家被逮住了，终于像一只老鼠那样被逮住了，天意压在身上，只有喊叫的份儿——不是呻吟，不，不是抱怨——而是大声喊出要说的话，从来没有说出来过的话，甚至还不知道的话。而这一切都不为什么，只是为了向自己说出来，只是为了让自己知道。在正剧里，人们挣扎着，因为存在着摆脱的希望。这是卑鄙的，粗俗的。而在悲剧里，则是清静无为。那是为了王者。再也无可希求了！……

卫士们推着安提戈涅上场。

歌队

看哪，开始了。小安提戈涅被抓住了。小安提戈涅第一次将能成为她自己。

歌队退下，同时卫士们推着安提戈涅走上舞台。

卫士（恢复了常态）

走，走，别啰嗦了！您到长官面前去解释吧。我，我只知道命令。您在那儿干什么，我不想知道。谁都有借口，谁都有什么东西要反驳。要是听人说，要是试图去理解，人就好了。走，走，你们抓住她，别啰嗦了！至于我嘛，她要说什么，我才不想知道呢！

安提戈涅

让他们放开我，松开他们的脏手。他们弄得我好疼。

卫士

他们的脏手？您该礼貌些，小姐……我，我可是有礼貌的。

安提戈涅

让他们放开我，我是俄狄浦斯的女儿，我是安提戈涅。我不会跑的。

卫士

俄狄浦斯的女儿，是啊！晚上巡逻时抓住的婊子也说认错人了，说她们是警察局长的女朋友哪！（他们大笑。）

安提戈涅

我愿意死，但不愿意他们碰我！

卫士

那么那些尸体呢，泥土呢，说，那你不怕碰吗？你说“他们的脏手”！好好瞧瞧你自己的吧。

安提戈涅冷笑着，看看自己被手铐铐着的双手，上面沾满泥土。

卫士

他们拿走了你的铲子吗？那就使得你第二回要用你的手指去干啰？啊！真是胆大包天啊。我刚一转身，跟你要一块嚼烟，刚把它放在嘴里，说声谢谢的工夫，她就来了，像小鬣狗一样地刨起来了，而且是在大白天！当我想抓住她的时候，瞧这野丫头那股子挣扎劲儿！她想干什么我一眼就看穿了！她喊着说让她干完……真是个疯子！

第二个卫士

那一天我逮住一个，也是个疯子，她向我们露出屁股。

卫士

你说，布杜斯，为了庆贺，咱们仨该好好地大摆酒宴啦！

第二个卫士

去托尔杜的酒店，那儿的红酒不错。

第三个卫士

星期天放假，带着老婆怎么样？

卫士

不，我们在一块儿乐一乐……娘儿们总是事多，小崽子们又老是要撒尿。啊！你说，布杜斯，刚才，你想象得到咱们仨会有心思这样乐吗？

第二个卫士

他们可能会给我们奖赏。

卫士

如果事情重要，那有可能。

第三个卫士

第三连的弗朗沙尔，上个月抓住纵火犯，拿了份双薪呢。

第二个卫士

啊，是这样！如果拿双薪，我建议：与其去托尔杜的酒店，不如去阿拉伯宫①。

卫士

去喝酒？你不是疯了吧？在阿拉伯宫，一瓶酒要你两瓶的钱。跟婊子睡觉，那倒可以。我说，听我的：先去托尔杜那儿，吃得酒足饭饱，再去阿拉伯宫。你说，布杜斯，你还记得那个胖娘们吗，阿拉伯宫的？

---

① 妓院一类的下流去处。

第二个卫士

哈！那一天你醉成那个样儿！

第三个卫士

可我们的老婆呢？如果我们拿了双薪，她们会知道的。很可能还会公开表彰呢。

卫士

那就再说吧。玩乐是另一码事，如果要在兵营的院子里举行仪式，像授勋那样，女人们也会去，还有孩子们。那么，就大伙一起去托尔杜的酒店。

第二个卫士

对，但要事先订好菜。

安提戈涅（小声请求道）

对不起，我想坐一会儿。

卫士（考虑一会儿）

好，让她坐下吧。但是，你们别放开她。

克瑞翁上场，卫士立刻喊道。

卫士

立正！

克瑞翁（站住，惊讶）

放开这个姑娘。怎么回事？

卫士

我是哨兵，长官。我跟伙伴们一块儿来了。

克瑞翁

谁看守着尸体？

卫士

我叫来了换岗的，长官。

克瑞翁

我跟你说过撤回换岗的！我跟你说过要守口如瓶。

卫士

我什么也没说，长官。但是，因为逮住了她，我们觉得应该来一趟。这一回没有抽签。我们乐于三个人一起来。

克瑞翁

混蛋！（对安提戈涅）他们在哪儿抓住你的？

卫士

在尸体旁边，长官。

克瑞翁

你到你哥哥的尸体旁边去干什么？你知道我禁止人们

靠近。

卫士

她干什么了，长官？正是为这个我们才带她来见你。她用手扒土。她正在第二次覆盖尸体。

克瑞翁

你知道你在说些什么吗，你？

卫士

长官，您可以问他们俩。我回去的时候，他们又把尸体暴露出来了；可是太阳火辣辣的，尸体开始发臭，我们就站到了一块背风的高地上。我们大白天不会出事。尽管如此，为了更保险，我们还是决定三个人总有一个要盯着尸体。但是，中午，大太阳底下，再加上风停以后气味冒了出来，真是一记当头闷棍啊。我睁大了眼睛，可是白费劲，眼前仿佛有一片黏黏糊糊的东西在颤动，什么也看不见。我去跟一个伙伴要一块嚼烟好顶过去……我把它放进嘴里，长官，我跟他道了谢，我转过身来：她正在那儿用手扒土。大白天！她应该想到别人不会看不见她。当她看见我朝她跑过去，您可能以为她停下了，试图逃走吧？不。她竭尽全力尽快地继续扒土，好像没看见我到了似的。当我抓住她的时候，她像一个魔鬼一样挣扎，她还要继续干，她朝我喊叫让她干，说尸体还没有完全盖上……

克瑞翁（对安提戈涅）

这是真的吗？

安提戈涅

是的，是真的。

卫士

理所当然，我们立刻扒出了尸体，然后换了岗，什么也没说，把她给您带来，长官。就这样。

克瑞翁

昨天夜里，第一次，也是你吗？

安提戈涅

是。是我。用一把小铁铲，那是我们度假时在海滩上用来堆沙土城堡的。那正是波吕尼刻斯的。他用刀在铲把上刻了自己的名字，正为此我把它放在了他的身边，可是让他们给拿走了。这样，第二次，我只好用手重新开始。

卫士

真像是一头小野兽在扒土。甚至乍一看，加上微微颤动的热烘烘的空气，一个伙伴说："不，是头野兽。""亏你想得出，"我对他说，"野兽的腰身没有这么细。是个姑娘。"

克瑞翁

好。一会儿可能要你们汇报。现在，让我单独和她在一起。带这几个人到一边去，小家伙。在我回头找他们之前，不许他们和任何人接触。

卫士

要再给她戴上手铐吗，长官？

克瑞翁

不必。

小侍从领三个卫士下。

只有克瑞翁和安提戈涅，面对着面。

克瑞翁

你曾对谁说过你的打算吗？

安提戈涅

没有。

克瑞翁

你在路上遇见过谁吗？

安提戈涅

没有，一个人也没有遇见。

克瑞翁

你有把握吗？

安提戈涅

有把握。

克瑞翁

那好，你听着，你回你房间去，你去睡觉，说你病了，从昨天以来就没有出过门。你的奶妈也像你这样说。我将除掉这三个人。

安提戈涅

为什么？既然您知道我还会再去的。

沉默。他们在对视。

克瑞翁

你为什么企图掩埋你的哥哥？

安提戈涅

我应该。

克瑞翁

我明令禁止过。

安提戈涅（温情地）

我还是应该掩埋他。不被掩埋的人将永远游荡，不得休息。如果我哥哥活着，从一次长时间的狩猎疲惫不堪地归来，我会为他脱掉他的鞋，给他做饭，给他铺床……今天，波吕尼刻斯结束了狩猎，他回到了父亲、母亲身边，还有厄忒俄克勒斯，也在家里等着。他有权休息。

克瑞翁

他忤逆、叛国，你是知道的。

安提戈涅

他是我的哥哥。

克瑞翁

你听见过在街头路口宣布的命令吧？你读过在全城的墙上都张贴了的布告吧？

安提戈涅

是的。

克瑞翁

你知道将加诸任何敢于给他举行葬礼的人的命运吗？

安提戈涅

是的，我知道。

克瑞翁

你大概以为作为俄狄浦斯的女儿，骄傲的俄狄浦斯的女儿，定会使你高踞于法律之上吧。

安提戈涅

不，我并没有这样认为。

克瑞翁

法律首先是为你而立。安提戈涅，法律首先为国王的女儿们而立！

安提戈涅

如果我是个女仆，正在洗碗的时候听到宣读命令，我会擦干手臂上油腻的水，扎着围裙出去掩埋我的哥哥。

克瑞翁

这不是真的。如果你是一个女仆，你就不会怀疑你将死去，你会躲在家里哀悼你的哥哥。恰恰由于你想到你是王种，是我的外甥女，是我儿子的未婚妻，不管发生什么事，我也不敢将你处死。

安提戈涅

您错了。恰恰相反，我确信您会让我死的。

克瑞翁（*看着她，突然低声说道*）

俄狄浦斯的骄傲。你这是俄狄浦斯的骄傲。是的，现在我从你眼睛的深处发现了它，我相信你的话。你该是想到我将处死你。而这在你看来，对你是一种自然而然的了结，你这骄傲的人！对于你的父亲亦如是——我不说幸福，这谈不上——人类的不幸依然是太少了。在家里，人之常情使你们局促不安。你们需要面对命运和死亡。弑父娶母，然后专心聆听，获知真相，一字不差。那是怎样的饮料啊，嗯，那些谴责你们的言词？然而，一个人叫做俄狄浦斯或安提戈涅的时候，又是何等贪婪地一饮而尽啊。最简单纯真的还在以后，还有由自己刺瞎双目，同孩子们沿街乞讨……啊，不行。这种时代对于忒拜已是一去不复返了。现在，忒拜有权拥有一个没有麻烦的国王。我，我仅仅叫做克瑞翁，感谢上帝。我双脚踩着大地，两手插在口袋里；既然我是国王，我决心不像你父亲那样野心勃勃，只是努力稍事整顿，使这世界不那么荒谬，如果这是可能的话。这甚至连冒险都不算，不过是天天都要去做的职业，像所有的职业一样，并不总是那么有意思。但是，既然我身在其位，必将履行其职。……如果明天从深山里跑出来一个满身污垢的报信人告诉我他对我的出身亦不甚有把握，我只请他从哪儿来再回到哪儿去，我不会为这点小事向你舅母寻衅，也不会去核对日期。为王者不能沉溺于个人悲情，感慨系之，他有别的事情要干，我的小姑娘。（他朝她走过去，拉住她的胳膊）好好听我说。你是安提戈涅，你是俄狄浦斯的女儿，可是，前不久，这一切用干面包和两记耳光就解决了，但是，你二十岁了。（他看着她，微笑）让你死！你没看看你自己，小麻雀！

你太瘦了。你还得长胖一点，好给海蒙生个胖小子，忒拜更需要的是他，不是你的死，我向你保证。立刻回去，按我说的去做，守口如瓶。其他人的沉默由我来负责。去吧！别用这样的目光瞪着我。你把我看成一个粗人，这可以，你该想到我明摆着是个平凡的人。但是，我很爱你，尽管你的脾气很坏。别忘了，你的第一个布娃娃，还是我在不久以前送给你的呢。

安提戈涅不回答。她要出去。他止住了她。

克瑞翁

安提戈涅！回你房里走这扇门。从那儿你要到哪里去？

安提戈涅（站住，轻声回答他，并无挑衅之意）

您知道得很清楚……

沉默。他们面对面站着，直视对方。

克瑞翁（低声地，像是对自己说）

你玩的什么把戏？

安提戈涅

我不玩把戏。

克瑞翁

你难道不明白，除了那三个家伙之外，要是有人知道刚才你要干什么，我将被迫处死你吗？如果你现在沉默，如果你放弃这疯狂的举动，我还有一线机会救你，但是，五分钟之后，我将不再有这机会了。你明白吗？

安提戈涅

我应该去掩埋被那三个人扒开的哥哥的尸体。

克瑞翁

你去重复那荒唐的举动？有另一班卫士看守着波吕尼刻斯的尸体，即使你能够再度埋上，尸体还会再暴露出来，这你是知道的。除了让你的指甲流血，被人逮住，你又能有什么作为呢？

安提戈涅

除此之外，毫无所为，我知道。但是，至少，这是我能做的。应该尽人所能。

克瑞翁

你难道真的相信这种葬礼？相信如果不在僧侣的祈祷中往尸体上撒点儿土，你哥哥的影子就注定要永远游荡？你听过他们，忒拜的僧侣们，诵念那些一成不变的祷词吗？你看见过那些可怜的雇来的家伙疲惫不堪，为了赶在吃午饭前再去埋掉另一死者而减少动作，吞掉字句，草草掩埋这个死者吗？

安提戈涅

是的，我看见过。

克瑞翁

难道你从未想过，如果，那是你真正爱的人，他在那儿，躺在一个木盒子里，你会突然大吼起来？让他们住嘴，让他们走开？

安提戈涅

是的，我想过。

克瑞翁

而你现在拿生命冒险，因为我拒绝发给你哥哥这可笑的通行证，这关于他的遗体的一套繁文缛节，如果人们表演了只会使你第一个感到羞耻和痛苦的哑剧。真荒谬！

安提戈涅

是的，是荒谬。

克瑞翁

那么，你为什么要这样行事？为了别人，为了那些相信这一套的人？为了让他们起而反对我？

安提戈涅

不是。

克瑞翁

既不为他人，也不为你哥哥？那为谁呢？

安提戈涅

谁也不为。为了我。

克瑞翁（默默地望着她）

你真的想死吗？你已经成了一副被捕获的小猎物的模样了。

安提戈涅

别为我心软。像我一样地干吧。做你要做的事。但是，如果你是人的话，赶快做。这就是我向您请求的一切，的确，我不会永远都有勇气的。

克瑞翁（走近）

我想救你，安提戈涅。

安提戈涅

您是国王，您无所不能，但是，救我，您不能。

克瑞翁

你认为？

安提戈涅

既不能救我，也不能压服我。

克瑞翁

傲慢的姑娘！小俄狄浦斯！

安提戈涅

您只能处死我。

克瑞翁

如果我命人折磨你呢？

安提戈涅

为什么？为了让我哭泣，让我求饶，让我照别人的意愿发誓，而当我不再痛苦的时候重新开始吗？

克瑞翁（握紧她的胳膊）

听我说。我扮演的是个不光彩的角色，好吧，而你扮演了一个光彩的角色。你也感觉到了。但是，你别过分地从中捞取好处，小瘟神……如果，我确是一个普通的暴君的话，你早就被割了舌头，四肢上了钳烙刑，或被抛进了山洞。但是，你在我的眼中看到某种犹豫，你看到我让你说话，而不叫来士兵；于是，你尽量地冒犯，攻击。你想达到哪一步田地，小泼妇？

安提戈涅

放开我。您的手弄得我胳膊疼。

克瑞翁（手握得更紧）

不。我这样才是最强有力，我也要利用一下。

安提戈涅（轻轻叫了一声）

哎呀！

克瑞翁（眼里露出笑意）

也许我就该这样干，简简单单地捏住你的手腕，揪住你的头发，像在游戏中揪住姑娘们的头发一样。（他还看着她。重又严肃起来。他凑近她说）我是你的舅父，但在家里彼此并不和睦。不管怎么说，这备受嘲弄的国王听你说话，这老人无所不能、久经世故，他见过多少像你一样惹人爱怜的人被处死，可他却在这儿，费尽心机想阻止你去死，难道这不让你觉得可笑吗？

安提戈涅（过了一阵）

现在您握得太紧了。可是，我已经不疼了。我没有胳膊了。

克瑞翁（看着她，放开了她，轻轻一笑。他低声说道）

神知道我今天是不是有别的事要做，但是我还是要花费必需的时间，还是要救你，小瘟神。（他让她坐在房子中间的一把椅子上。他脱掉外衣，穿着衬衣，走向她，步履沉重有力）我向你担保，一场革命虽然已经落空，却还有许多任务有待完成。但是让那些亟待解决的事情靠边等等吧。我不愿意让你死于一场政治把戏之中，这对你太不值得。因为你的波吕尼刻斯，他的哀怨的影子，还有他那在卫士中间腐败的尸体，令你为之激动的这悲情，它不过是一场政治把戏。首先，我并不温和，但我文雅细腻。我喜欢干净，清爽，好好洗过的东西。你以为那在阳光下腐烂的肉不使我像你一样感到恶心吗？晚上，当风从海上吹来，宫里已经弥漫着臭气了，这使我感到恶心。然而，我并不关上窗户。这很可恶，可我可以对你说出来，这很愚蠢，可怕的愚蠢，但是，必须让所有的忒拜人都闻它一段时间。你当然想我该掩埋他，你的哥哥，哪怕只是为了卫生的缘故！但是，为了让我所统治的那些粗人明白，波吕尼刻斯的尸体必须在全城发臭一个月。

安提戈涅

您真是令人憎恶。

克瑞翁

是的，我的孩子。这是职业的需要。可以讨论的，是该做还是不该做。但是，如果要做，那就该这样做。

安提戈涅

您为什么要做呢？

克瑞翁

一天早晨，我一觉醒来，成了忒拜之王。神要知道我在生命万物之中是不是只爱权势……

安提戈涅

那就应该说不！

克瑞翁

我本来能够说不。只是，我突然感到那好像是一个工匠拒绝一件活计。我觉得那不诚实。我说了是。

安提戈涅

那好，那您活该。我，我没说“是”！您想让您的政治、您的需要、您的可怜的故事拿我怎么样呢？我，我还可以对一切我不喜欢的事情说“不”，我是唯一的裁夺者。而您，用您的王冠、您的卫士、您的一切手段，您只能让我死，因为您说了“是”。

克瑞翁

听我说。

安提戈涅

如果我愿意，我能够不听您说话。您说了“是”。我从您那里不需要再知道什么了。您却相反，您在那儿恭恭敬敬地听我说话，您不叫卫士，那是为了一直听我说完。

克瑞翁

你让我开心！

安提戈涅

不，我让您害怕。正是为此，您试图救我。无论如何，在这座王宫里留下一个活着而不说话的小安提戈涅还是更合适一些。您太敏感了，成不了一个真正的暴君，仅此而已。但是，无论如何，一会儿您还是要处死我的，您是知道的，正因此您才害怕。一个害怕的人是很丑的。

克瑞翁（低沉地）

是的，我害怕如果你一意孤行，我要被迫处死你。而我不愿意。

安提戈涅

我，我不是被迫去做我不愿意做的事！您本来大概也不愿意拒绝给我哥哥一座坟墓吧？说呀，您本来不愿意吧？

克瑞翁

我对你说过了。

安提戈涅

可是您还是那样做了。而现在，您本不愿意，却要处死我了。就是这么回事啊，当国王！

克瑞翁

是的，就是这么回事！

安提戈涅

可怜的克瑞翁！有了我这些破裂、沾满泥土的指甲，有了你的卫士留在我胳膊上的青痕，有了令我肝肠寸断的恐惧，我，我就是王后。

克瑞翁

那么，怜悯我，活下去吧。你哥哥的尸体在我的窗前腐烂，我为在忒拜建立秩序而付出的代价也足够了。我的儿子爱你。别强迫我也把你交付出去。我付出的代价足够了。

安提戈涅

不。您说了“是”。现在您得永远不停地付出代价了！

克瑞翁（突然摇晃她，大发雷霆）

仁慈的神啊！你也尽量清醒一分钟吧，小傻子！我是尽力去理解你了。总得有人去说是！总得有人掌舵！船到处漏水，充满罪恶、愚蠢、灾难……而船舵就在那儿摇晃。水手什么也不愿意干了，他们只想洗劫船舱，当官的已经在为自己造一艘舒适的小艇，单单为了他们自己，仅仅为了他们自己活命，把储备的全部淡水都拿走了。桅杆发出断裂声，风在呼啸，帆将被撕破，所有这些粗野的家伙都要送命，因为他们只想保住自己的性命，只想到自己珍贵的性命和他们的坛坛罐罐。那么，你认为还有工夫文质彬彬，想想应该说“是”还是“不”？想想是不是有一天会付出太高的代价，和想想此后还能不能作为一个人吗？他拿起舵柄，在山也似的浪前挺起胸来，他发号施令，他在人群中向第一个朝前来的人开枪。是在人群里呀！这个人无名无姓，正如浪涛拍打你面前的栈桥，正如风抽打着你一样，在人群中倒下去的东西无名无姓。那可能正是昨天晚上微笑着给你递火的人。他没有名字了，而你也一样，紧紧抓住缆绳的你也一样，你也没有名字了。唯独船有名字，还有风暴。这你明白吗？

安提戈涅（摇头）

我不愿意明白，这对您有用。但是，我在这儿是为了明白以外的别的事情。我在这儿是为了说“不”和为了死。

克瑞翁

说“不”还不容易！

安提戈涅

不总是。

克瑞翁

为了说“是”，应该流汗，挽起袖子，豁出命来，无所顾忌地去干。说“不”容易，哪怕得死。不用动，等着就行了。等着是为了活命，甚至是为了让人宰割。那太怯懦了。这是人类的一大发明。你难道想象了一个世界，那里树对树液说不，野兽对猎取和情欲的本能说不吗？野兽，至少它们善良、简单、坚忍。它们勇敢地簇拥着前进在一条路上。如果一些倒下了，另一些就走过去，可能死去很多，但每一种总会剩下一个，随时准备生下小兽，再以同样的勇气走上同一条路，如同前面走过去的那些一样。

安提戈涅

一个国王，做这样的梦想，哼，野兽！本来是那样的简单。

静场，克瑞翁望着她。

克瑞翁

你瞧不起我，是吗？（她不回答，他像对自己说一样继续道）很可笑。我常常想象跟一个苍白的、企图行刺我的小青年谈话，而从这谈话中我除了轻蔑之外将一无所得。但是，我没想到是和你，而且是为了这样愚蠢的事情……（他将她的头捧起。人们感到他筋疲力尽）这最后一次还是听我的吧。我的角色不光彩，但这是我的角色，我将处死你。只是，在处死你之前，我想让你也确知你的角色。你知道你为什么而死吗？安提戈涅？你知道你将在什么样的肮脏把戏下面永远签上你小小的、血淋淋的名字吗？

安提戈涅

什么把戏？

克瑞翁

厄忒俄克勒斯和波吕尼刻斯的把戏，你哥哥们的把戏。不，你以为你知道，可你并不知道。在忒拜，除我之外没人知道。但是，我觉得今天早晨你也有权知道。（他冥想片刻，双手捧着脑袋，双肘支在膝头上。人们听见他喃喃说道）那不太光彩，你会看到的。（他低沉地开始，不看安提戈涅）首先，你想起你哥哥们什么了？两个酒肉伙伴，他们准定看不起你，他们弄坏你的布娃娃，不断地一个俯在另一个的耳朵边上悄悄地说些秘密话，好让你发火？

安提戈涅

他们大……

克瑞翁

后来，你大概欣赏他们开始抽烟，穿长裤子；后来，他们开始晚上出门，显示出男子汉的样子，他们再也不睬你了。

安提戈涅

我是个姑娘……

克瑞翁

你看见你母亲哭泣，你父亲发怒，你听见他们回来时摔门，在走廊里冷笑。他们在你面前走过，嘟嘟囔囔，浑身软绵绵的，散发出一股酒气。

安提戈涅

有一次，我躲在门后，那是个早晨，我们刚刚起床，他们回来了。波吕尼刻斯看见我了，他脸色苍白，两眼放光，穿着晚礼服，那么漂亮！他对我说：“瞧，你在这儿？”他给了我一朵他夜里带回来的大纸花。

克瑞翁

而你把它保存起来，那朵花，是不是？昨天，在你出去之前，你打开抽屉，为了汲取勇气，你长久地看着它，是吗？

安提戈涅（她发颤）

谁跟您说的？

克瑞翁

可怜的安提戈涅，你那朵舞会上的纸花！你知道你哥哥是什么人吗？

安提戈涅

我知道您不管怎么就是要对我说他的坏话！

克瑞翁

一个愚蠢的小花花公子，一个残忍、没有灵魂的小禽兽，一个只会开车比别人快，在酒吧间里花钱比别人多的小畜生。有一次，我在场，你父亲刚刚拒绝了给他他在赌场上欠下的一笔巨款，他霎时脸色发白，举起了拳头喊出一句脏话！

安提戈涅

这不是真的！

克瑞翁

他的野蛮的拳头全力打在你父亲的脸上！真可怜啊。你父亲坐在桌旁，双手捧着脑袋。他鼻子流着血。他哭了。而在办公室的一角，波吕尼刻斯点着了一支香烟，却在嘲笑。

安提戈涅（此时几乎是在乞求）

这不是真的。

克瑞翁

想想吧，那时你十二岁。很长时间你没再见到他。这是真的吧？

安提戈涅（低沉地）

是的，这是真的。

克瑞翁

那是在这次争吵之后。你父亲不愿意控告他。他参加了阿耳戈斯军队。他一到阿耳戈斯人那里，就开始了反对你父亲的勾当，要推翻这个下不了决心死去、放弃他的王国的老人。行刺接连不断，而我们抓住的刺客最后总是招认从他那儿得到金钱。当然，不仅仅是从他那儿。因为我想让你知道的就是这个，你热望扮演一个角色的这场戏的后台，是间厨房[①]。我昨天为厄忒俄克勒斯举行了隆重的葬礼。现在，厄忒俄克勒斯对忒拜来说是个英雄和圣人。全体人民都参加了，学校里的孩子们献出了他们储钱罐里所有的钱做花圈。老人们装作很感动，用颤抖的声音赞颂这位好兄长，俄狄浦斯真正的儿子，正直的王子。我也发表了一篇演说。忒拜所有的僧侣都来了，表情庄严。还有军队的仪仗……应该如此。你以为我总不能在两军对垒中挑一个坏蛋吧。然而，我要告诉你一件事，一件只有我一个人知道的事，一件可怕的事：厄忒俄克勒斯，他的德行并不比波吕尼刻斯更有价值。这个好儿子也曾试图暗杀自己的父亲，这正直的王子也曾决定将忒拜出卖给出钱最多的人。是的，你认为这可笑吗？我现在有证据，这种出卖，为此波吕尼刻斯的尸体正在烈日下腐烂的这种出卖，厄忒俄克勒斯，他现在睡在大理石的坟墓中，也准备去进行。波吕尼刻斯在他之前干了，这纯属偶然。我们面对的是两个串通起来的骗子，他们欺骗我们，也互相欺骗，他们像两个小流氓，他们本来就是，为了算总账而互相残杀……只不过是，我需要在他们两人之中造出一个英雄。于是，我派人在乱尸中寻找他们俩的尸体。人们发现他们互相拥抱着——无疑是他们生平中的第一次。他们彼此用剑刺穿了对方，后来，冲锋的阿耳戈斯骑兵越过了他们

① 意谓肮脏的所在。

的身躯。他们成为一团肉泥，不可辨认，安提戈涅。我命人收回两具尸体中较完整的一具以备我举行国葬之用，我下令让另一具就地腐烂。我甚至不知道是哪一个。而我向你保证，这对我是一样的。

长时间静场，他们不动，彼此不看对方，然后，安提戈涅轻轻地说。

安提戈涅

您为什么对我讲这些？

克瑞翁站起来，穿上外衣。

克瑞翁

让你在这场可怜的把戏中死去值得吗？

安提戈涅

可能。我，我原来认为是这样。

再一次静场。克瑞翁走近她。

克瑞翁

现在你要干什么？

安提戈涅（像一个梦游者一样地站起来）

我要上我房里去。

克瑞翁

别老一个人待着。今天早晨去看看海蒙。快结婚吧。

安提戈涅（吁了一口气）

是。

克瑞翁

你的眼前还有你全部的生活。我们的讨论真是毫无意义。你，你还有生命这珍宝啊。

安提戈涅

是。

克瑞翁

其他的一切都不值得。而你却要糟蹋掉！我理解你，我在二十岁的时候，也会像你一样做。正是为此，我才细心听你说话。我在岁月的深处倾听着幼年的克瑞翁，像你一样瘦小和苍白，他也一心只想献出一切……快结婚吧，安提戈涅，祝你幸福。生活并非像你以为的那样。那是年轻人不知不觉间从张开的手指缝里流逝的水。合上你的手，合上你的手，快，抓住它。你会看到，那将变成一个坚硬的，单纯的，人们坐在阳光下啃食的小东西。他们跟你说的却正相反，那是因为他们需要你的力量和你的热情。别听他们的。当我在厄忒俄克勒斯墓前作下一篇演说的时候，也别听我的。那不是真的。除了人们不说的以外，什么都不是真的……你也会知道的，但太晚了，生活，那是一本人们喜爱的书，是一个在你脚边玩耍的孩子，一件人们牢牢握在手中的工具，一张人们晚上在自己家门前歇息的凳子。你又要蔑视我了，但是你将看到，发现了这一点，是衰老的一种微不足道的安慰，生活，可能只不过是幸福而已。

安提戈涅（喃喃地，目光茫然）

幸福……

克瑞翁（突然略表羞愧）

一个可怜的词，嗯？

安提戈涅（轻轻地）

它将是什么呢，我的幸福？她将变成一个什么样的幸福女人呢，小安提戈涅？她需要怎样的阴谋诡计才能日复一日地用牙齿争得她那一小片儿幸福呢？说呀，她该向谁撒谎，向谁微笑，向谁出卖自己呢？她该掉转目光让谁去死呢？

克瑞翁（耸肩）

你疯了，住嘴。

安提戈涅

不，我不会沉默！我也想知道我怎样做才能幸福。立刻知道，既然要立刻选择。您说生活是那么美好，我想知道要活我该怎样做。

克瑞翁

你爱海蒙吗？

安提戈涅

是的，我爱海蒙。我爱一个坚强年轻的海蒙，一个苛求忠实的海蒙——像我一样。但是，如果您的生活、您的幸福消磨了他的意志，如果当我苍白而海蒙不该苍白，如果因我迟到了五分钟，他就不再以为我已经死去，如果当我发笑而他不知道是为什么就恨我，如果他不感到茕茕孑立于世上，如果他应该在我身边成为海蒙先生，如果他也应该学会说“是”，那么，我就不再爱海蒙了！

克瑞翁

你不知道你在说些什么了，住嘴。

安提戈涅

不，我知道我在说什么，而是您不再听我说了。我现在从一个太远的地方向您说话，从一个您因皱纹、智慧、肚子而不能进去的王国向您说话。（她笑）啊！我笑，克瑞翁，我笑，因为我突然看见十五岁的你。那是同一种软弱无力却以为无所不能的神气。生活只不过在你脸上添了这些细小的皱褶和周身的肥油。

克瑞翁（摇着她）

你该住嘴了吧?

安提戈涅

为什么你要让我住嘴? 因为你知道我说得对，是吗? 你以为我没从你眼睛里看出你知道这一点吗? 你知道我有理，但你永远不会承认，因为你正在像保卫一块骨头一样地保卫你的幸福。

克瑞翁

你的和我的，是的，傻瓜!

安提戈涅

你们的幸福让我恶心，你们不惜任何代价、无比热爱的生活让我恶心! 简直像狗舔着它们所找到的一切东西。还有那每日的小小的运气——如果人们不太苛求的话。我，我要一切，立刻就要——完整的一切——否则我就拒绝! 我不愿意谦虚，我，不愿意满足于如果我老老实实就可以得到的小小的一块。我要今天就有把握得到一切，它得和我小的时候一样美——否则就死去。

克瑞翁

好，开始吧，开始吧，像你父亲一样!

安提戈涅

像我父亲一样，是的！我们是些刨根问底的人。直到确实不存在那个小小的活着的希望，不存在那最微小的必须扼杀的希望。我们是些见了你们的希望、你们珍贵的希望、你们肮脏的希望就扑上去的人。

克瑞翁

住嘴！你看你喊出这些话的样子，多丑啊。

安提戈涅

是的，我丑！这不体面，是不是？这些喊叫，这些暴跳，这场低下的争斗？爸爸只是在他终于确信他杀了父亲、跟母亲睡觉、什么也救不了他之后才变得高大美丽的。于是，他一下子平静下来，他仿佛微笑了，他变得美了。一切都完了。为了不再看见你们，他只需闭上眼睛就行了。啊！你们的脑袋，你们这些幸福追求者的可怜的脑袋！你们才丑，甚至最漂亮的也丑。你们的眼角或嘴角都有种丑陋的东西。你刚才说得好，克瑞翁，厨房。你们有着厨子的脑袋！

克瑞翁（扭她的胳膊）

我现在命令你住嘴，你听见了吗？

安提戈涅

你命令我，厨子？你以为你能命令我什么吗？

克瑞翁

前厅里到处是人。你想完蛋吗？人家要听见的。

安提戈涅

那就打开门吧。正好，他们将要听见我说！

克瑞翁（试图用强力堵住她的嘴）

你总该住嘴了吧，神啊？

安提戈涅（挣扎）

快呀，厨子！叫你卫士呀！

门启，伊斯墨涅进来。

伊斯墨涅（喊道）

安提戈涅！

安提戈涅

你要干什么？你也是？

伊斯墨涅

安提戈涅，原谅我！安提戈涅，你看，我来了，我有勇气了。现在我跟你一起去。

安提戈涅

你跟我一起去哪儿？

伊斯墨涅

如果您要处死她，应该把我同她一起处死！

安提戈涅

啊！不。现在不。你不！是我，仅仅是我一个人，你别想现在跟我一起去死。这样的话，那可太容易了！

伊斯墨涅

如果你死了，我也不愿意活下去了，我不愿意没有你而留在世上！

安提戈涅

你选择了生，而我选择了死。现在别管我了，你去诉苦吧。应该今天早晨到那儿去，在黑夜里爬着去。应该用你的指甲扒土，而他们就在旁边看守着，让他们像抓小偷一样地抓住你！

伊斯墨涅

那好，我明天去。

安提戈涅

你听见了吗，克瑞翁？她也这样了。谁知道听了我的话，还会不会有其他人跟着干呢？要使我沉默你还等什么？为了叫卫士来你还等什么？叫呀，克瑞翁，拿出点勇气来，只不过是难受一会儿罢了。叫呀，厨子，既然应该叫！

克瑞翁（突然喊道）

卫士！

卫士立刻出现。

克瑞翁

把她带走！

安提戈涅（如释重负般喊道）

总算完了，克瑞翁！

卫士扑向她，带走她。伊斯墨涅跟在她后面喊着。

伊斯墨涅

安提戈涅！安提戈涅！

克瑞翁独自一人留下，歌队进场，走向他。

歌队

你疯了，克瑞翁。你干了什么呀？

克瑞翁（朝前远眺）

她应该死。

歌队

别让安提戈涅死，克瑞翁！在几个世纪里，我们每个人都要为此而悔恨。

克瑞翁

是她愿意死，我们之中没有人强大到足以使她决定活下去。我现已明白，安提戈涅生来就是为了死去。她自己也许不知道，波吕尼刻斯只不过是个借口。当她该要放弃的时候，她立刻又找到了别的东西。对她来说，重要的是拒绝，是死。

歌队

这是个孩子呀，克瑞翁。

克瑞翁

你要我为她做什么呢？判处她活着？

海蒙（喊着进来）

父亲！

克瑞翁（跑着迎上去，拥抱他）

忘了她吧，海蒙，忘了她吧，我的孩子。

海蒙

你疯了，父亲。放开我。

克瑞翁（抱得更紧）

我为了救她已尽了一切努力，海蒙。我一切都试过了，我向你发誓。她不爱你。她本来能活命，她更喜欢她的疯狂和死亡。

海蒙（喊。企图挣脱他的拥抱）

但是，父亲，你眼看着他们把她带走！父亲，别让这些人把她带走！

克瑞翁

她现在说了。全忒拜城都知道她干了什么。我被迫处死她。

海蒙（从他的胳膊中挣脱出来）

放开我！

静场，他们面对面彼此凝视。

歌队（走近）

不能编造点什么东西吗？说她疯了，把她关起来？

克瑞翁

他们会说这不是真的。会说因为她将成为我儿子的妻子，我才救她。这我不能。

歌队

不能争取点儿时间，让她明天逃跑？

克瑞翁

群众已经知道，正在王宫周围呐喊。我不能。

海蒙

父亲，群众无足轻重，你是主人。

克瑞翁

立法之前我是主人。立法之后，我就不是了。

海蒙

父亲，我是你的儿子，你不能让人把她从我这儿夺走。

克瑞翁

不，海蒙。不，我的儿子。勇敢些。安提戈涅不能活了。安提戈涅已经离开了我们大家。

海蒙

你以为没有她我还能活着吗？你以为我会接受吗？你们的生活？日复一日，从朝到夕，但没有她。只有你们的忙碌，你们的生活，你们的空虚，可就是没有她。

克瑞翁

你一定得接受，海蒙。我们每个人都或早或晚，或近或远，有那么一天，终归得接受长大成人。对于你，就是今天……可你在我面前，泪水盈眶，心焦如焚——我的孩子，最后一次……当你转过弯去，当你一会儿跨过门槛，一切就都过去了。

海蒙（后退一些轻轻地说）

已经过去了。

克瑞翁

别评判我，海蒙。你也别评判我。

海蒙（望着他，突然说）

那巨大的力量，那勇气，那高大的神祇，他把我抱在怀里，使我免于怪物和阴影的伤害，那曾经是你吗？当你在办公室里向我展示书籍的时候，那被禁止的芬芳[①]，那灯下新鲜的面包，那曾经是你吗？你以为是吗？

克瑞翁（谦卑地）

是的，海蒙。

海蒙

这全部的关心，这所有的骄傲，这所有的写满英雄的书籍，难道是为了达到今天这步田地吗？长大成人，如同你所说，非常幸福地活着。

---

① 意谓接触一个新天地（未知的世界）。

克瑞翁

是的，海蒙。

海蒙（突然像一个孩子似的喊道，投入克瑞翁的怀抱）

父亲，这不是真的！不是你，不是今天！我们两个还没有被逼得走投无路而只能说“是”啊。你还有力量，你，像我还小的时候那样有力量。啊！我求求你，父亲，我钦佩你，我还钦佩你呀！如果我再不能钦佩你了，那我就太孤独了，世界就太荒芜了。

克瑞翁（把海蒙从自己身边拉开）

人人都是孤独的，海蒙，世界就是一片荒芜。你钦佩我的时间太长久了。看看我吧，长大成人就是如此，有一天正面看着自己父亲的脸，长大成人就是那样。

海蒙（望着克瑞翁，边喊边退）

安提戈涅！安提戈涅！救救我！

他跑下。

歌队（走向克瑞翁）

克瑞翁，他像疯子一样地出去了。

克瑞翁（两眼发直，直视远处，一动不动）

是呀。可怜的孩子，他爱她。

歌队

克瑞翁，应该做点什么?

克瑞翁

我已经无能为力了。

歌队

他走了，受到致命的创伤。

克瑞翁（喑哑地）

是的，我们大家都受到致命的创伤。

卫士推安提戈涅上，他们弓身顶住大门。可以猜到人群在门外的呼喊声。

卫士

长官，他们冲进王宫了!

安提戈涅

克瑞翁，我不愿意再看见他们的面孔了，我不愿意再听到他们的喊声了，我不愿意看见任何人了！我现在要死了，这对你足够了。事情了结以前，让我不要再看见任何人了。

克瑞翁（出去，对卫士喊道）

在门口站岗！让他们离开王宫！你留下跟她在一起。

其他两名卫士下，后边跟着歌队。安提戈涅单独与第一个卫士留在舞台上。安提戈涅看着他。

安提戈涅（突然说道）

啊，是你呀?

卫士

谁? 我?

安提戈涅

我最后见到的人的面孔。

卫士

应该这样认为。

安提戈涅

让我看看你……

卫士（走开，手足无措）

行了，行了。

安提戈涅

刚才是你抓住我的吗?

卫士

是，是我。

安提戈涅

你弄得我好疼。你并不需要弄疼我，难道我像是要逃跑的吗？

卫士

算了，算了，别啰嗦了。如果不是抓住了您，我就得去死。

安提戈涅

你多大岁数了？

卫士

三十九岁。

安提戈涅

有孩子吗？

卫士

有，有两个。

安提戈涅

你爱他们吗？

卫士

这您管不着。

卫士开始在房中漫步。一段时间内，只听见他的脚步声。

安提戈涅（谦卑地问道）

您当卫士已经很久了吗？

卫士

战后。战时我是军曹。我又重新入伍了。

安提戈涅

当了军曹才能当卫士吗？

卫士

原则上是。当军曹或在特务分队当过兵。军曹成为卫士后，就失去了军衔。比方说，当我碰见一个新兵时，他可以不向我敬礼。

安提戈涅

是吗？

卫士

是的。当然，一般地说，他是敬礼的。新兵知道卫士是有军衔的。至于薪水嘛，拿的是卫士的普通薪水，跟特务分队的人一样多，在头六个月里，作为奖金，还拿军曹的薪水补贴。只不过是，作为卫士，还有其他好处：住房、取暖、补助……反正，一个有两个孩子的卫士可以比战斗部队的军曹挣得多。

安提戈涅

是吗？

卫士

是的。这就是向您说明了为什么卫士和军曹互不服气。您大概注意到军曹装作看不起卫士。他的最重要的根据是晋升。从一方面说是这样。卫士的晋升比在部队里缓慢、困难。但是，您不该忘记一个卫士长可跟一个军曹长不一样。

安提戈涅（突然地）

听……

卫士

嗯。

安提戈涅

我一会儿就要死了。

卫士不回答。沉默。他来回走着。过了一会儿，他继续说。

卫士

从另一方面说，卫士比军曹受到更多的尊重。卫士，是个士兵，但差不多是个官员。

安提戈涅

您认为死痛苦吗?

卫士

我说不好。战争中，肚子上受伤的人是痛苦的。我，我从来没有受过伤。当然，从一种意义上说，这妨害了我的晋升。

安提戈涅

他们将让我怎么死呢?

卫士

我不知道。我好像听人说为了不让您的血玷污城邦，他们将把您囚禁在一个山洞里。

安提戈涅

活着?

卫士

是的，开始是活着。

沉默。卫士嚼了一块烟。

安提戈涅

噢，坟墓!噢，新床!噢，我地下的居所!……(她在巨大的、空荡荡的房间里显得极其瘦小。她好像有点儿冷。她抱紧了胳膊。喃喃地说）孤零零地……

卫士（嚼完了烟）

在哈德斯的山洞里，在城邦的大门口。烈日炎炎。值勤的又一桩苦差。开始是说派军队，但据最新消息，好像还是卫队出人。卫队不在乎！这样，您还对卫士和军曹之间的嫉妒感到奇怪吗？

安提戈涅（喃喃地说，突然感到厌倦）

两个野兽……

卫士

什么，两个野兽？

安提戈涅

两个野兽也会互相抱着取暖，我却是独自一人。

卫士

如果您需要什么，那就不一样了。我可以叫人来。

安提戈涅

不。我只希望我死后你给一个人带封信。

卫士

怎么，一封信？

安提戈涅

我将要写的一封信。

卫士

啊！这可不行！别找麻烦！一封信！反正您要走了，您！我冒的险可大了，我，为了这点小事！

安提戈涅

如果你同意，我给你这枚戒指。

卫士

金子的吗?

安提戈涅

是，金子的。

卫士

您要明白，如果人家搜查我，那我可得上军事法庭。这对您是无所谓的吧?（他还看着戒指）我能做的，如果您愿意，是在我的小本子上写下您想说的话。然后，我撕下那一页。我的笔迹，那就不一样了。

安提戈涅（眼睛闭着，可怜巴巴地咧咧嘴，喃喃地）

你的笔迹……（她一阵战栗）这一切太丑了，这一切都太丑了。

卫士（受了侮辱，装作要还回戒指）

您知道，如果您不愿意，我……

安提戈涅

不。留下戒指，写吧。可要快些……我怕我们要来不及了……写："我亲爱的……"

卫士（拿着小本子，舔舔铅笔）

写给您的好朋友吗？

安提戈涅

我亲爱的，我愿意死，你可能不会再爱我了……

卫士（一边写着，一边粗声粗气地慢慢重复着）

"我亲爱的，我愿意死，你可能不会再爱我了……"

安提戈涅

还是克瑞翁有理，真可怕，现在，在这个人的身边，我真不知道为何而死了。我害怕……

卫士（跟不上）

"克瑞翁有理，真可怕……"

安提戈涅

噢！海蒙，我们的小娃娃。我现在才明白，活着是多么简单……

卫士（停下）

喂！您太快了。这叫我怎么写呢？总要有时间啊……

安提戈涅

你写到哪儿了？

卫士（念）

“真可怕现在在这个人身边……”

安提戈涅

我真不知道为何而死了。

卫士（写，舔着铅笔）

“我真不知道为何而死了……”人永远也不知道为什么而死。

安提戈涅（继续）

我害怕……（她停下，突然站起来）不！把这些都划掉，最好是永远没有人知道。这像是我死了，他们看见我赤裸裸的，用手碰我。只写上：“对不起。”

卫士

那么，我划去结尾，放上“对不起”？

安提戈涅

对。对不起，我亲爱的。没有小安提戈涅，你们大家本来可以心安理得。我爱你……

卫士

“没有小安提戈涅，你们大家本来可以心安理得。我爱你……”就这些？

安提戈涅

对，就这些。

卫士

这信真古怪。

安提戈涅

是。这是一封古怪的信。

卫士

写给谁的？

这时，门启。其他卫士出现。安提戈涅站起，看着他们，看着在她身后站起来的第一个卫士，他把戒指装进口袋，收好小本子，神色庄重……他看见了安提戈涅的目光。他大喊以求掩饰。

卫士

算了！别啰嗦了！

安提戈涅凄然一笑。她低下头。她默默无言，朝别的卫士走去。他们同下。

歌队（突然进来）

这样，安提戈涅完了。现在，该轮到克瑞翁了。他们所有的人都得死。

报信人（冲入，喊道）

王后？王后在哪里？

歌队

你找她干什么？有什么事要告诉她？

报信人

一个可怕的消息。人们刚刚把安提戈涅扔进山洞，还没来得及推下最后一堆石头，克瑞翁及其随从就听见坟墓里突然发出一阵呻吟。人人都缄口不言，侧耳倾听，因为那不是安提戈涅的声音。那是从山洞深处传来的另一个人的呻吟……所有的人都看着克瑞翁，他第一个猜到了，他最先明白了，突然像疯子一样地大叫："扒开石头！扒开石头！"奴隶们向石堆扑过去，国王也在其中，满头大汗，双手流血。石头终于动了，一个最瘦小的人钻了进去。山洞里面，安提戈涅吊在她的腰带上，蓝的线，绿的线，红的线，仿佛是孩子的项圈，而海蒙跪在地上，双手抱着她，呻吟着，脸埋在她的裙子里。人们又推开了一块石头，克瑞翁终于进去了。人们在阴暗的洞里看见他的满头白发。他想扶起海蒙，哀求他。海蒙不听。突然，他站起来，两眼乌黑，他从来也没有这么像过去的那个孩子，他看着他的父亲，一声不响，过了一会儿，突然，他往他脸上唾了一口，拔出剑来。克瑞翁一跃，跳到一剑以外的地方。于是，海蒙以他孩子般的目光看着他，充满了轻蔑，而克瑞翁不能躲避这有如刀锋般犀利的目光。海蒙看着这在山洞另一头颤抖着的老人，一声不响，伏剑而死，躺在安提戈涅身旁，在一片血泊中拥抱着她。

克瑞翁（同侍从上）

我终于让他们躺在一起了！现在他们洗净了，安歇了。他们只不过有些苍白，然而平静安详。初夜第二天的两个情侣，他们终于完了。

歌队

你还没有，克瑞翁。还有点事情要让你知道。欧律狄刻，王后，你的妻子……

克瑞翁

她是个好女人，总是说她的园子，果酱，织物，为穷人织不完的织物。真可笑，穷人总是需要织物。好像他们只需要织物……

歌队

忒拜的穷人今年会很冷的，克瑞翁。听到儿子的死讯，王后像以往一样庄严地打完一行，冷静地放下衣针，也许比平时更平静些。然后，她回到自己房中，她房里散发着薰衣草的香气，摆着绣花的小桌布，床框包着长毛绒，她刎颈身亡了，克瑞翁。那儿有一对有些过时的小床，她现在躺在其中一张上，就在那里，你曾在一天晚上第一次看见还是姑娘的她，她面带着同当时一样的微笑，只是更忧郁一些。如果不是围着她脖子的衣物上有一大块血迹，人们会以为她是睡着了。

克瑞翁

她也睡着了，他们都睡着了，这很好。这一天真不好过。（他沉默片刻，低沉地说道）睡着大概很舒服。

歌队

现在你是孑然一身了，克瑞翁。

克瑞翁

孑然一身，是的。（沉默。他将手放在侍从的肩上）小家伙……

侍从

先生？

克瑞翁

我要对你说。别人，他们不知道；身在其位，在活计面前，总不能袖手旁观啊。他们说这是一件肮脏的活计，但如果我不干，谁干呢？

侍从

我不知道，先生。

克瑞翁

当然，你不知道。你走运啊！需要的是，永远也不知道！你，急着要长大成人吗？

侍从

啊，是啊，先生！

克瑞翁

你疯了，小家伙。应该永远不长大成人。（远处传来钟声，他喃喃道）五点了，今天五点钟我们要干什么？

侍从

会议，先生。

克瑞翁

那好，如果我们有会，小家伙，我们就去吧。

他们下，克瑞翁倚靠在侍从身上。

歌队（*朝前走去*）

到此结束。没有小安提戈涅，真的，他们大家本来可以心安理得。可现在，事情完了，他们总算心安理得了。所有要死的人都死了。相信一件事情的，相信相反的事情的，甚至什么也不相信、糊里糊涂被卷进一桩把戏中的，都一样地死了。都是直挺挺的，都是无意义的，都是要腐烂的。活着的人将慢慢地忘却他们，混淆他们的名字。结束了。安提戈涅现在平静了，而我们永远也不会知道她从什么样的狂热中平静了。她履行了义务。一种巨大的、忧郁的慰藉落在忒拜城中，落在克瑞翁开始等死的王宫里。

歌队说话时，卫士们上，他们坐在长凳上，身旁放着一瓶红酒，帽子扣在后脑勺上，开始打牌。

歌队

只剩下卫士们了。他们，这一切对他们都无关痛痒，那不是他们的事。他们继续打牌……

在卫士们打出王牌时，幕急落。

阿努伊的安提戈涅[①]

吴雅凌

引　子

幕起时，所有人物都在场。

传统肃剧的“开场”(le prologue) 被大写，被人身化成一个“开场人”(le Prologue)。这个开场人走上前对观众说，场上这些人将要为他们演一出安提戈涅的戏。

角落里有个女孩。孤零零。瘦小，又黑，很不起眼。她就是安提戈涅。她没有光彩照人的外表，也没有完美强大的精神人格。她拯救不了任何人，也成不了别人的榜样。事实上，她

① 此为摘录，全文参看《黑暗中的女人：作为古典肃剧英雄的女人类型》，吴雅凌著，北京：华夏出版社，2016 年。本文中的引文皆为吴雅凌译，与郭宏安译文略有不同。

此时不想别的，只想着自己就要死了。她那么年轻，多希望能活下去，和别人一样。可是，她知道那是不可能的。她名叫安提戈涅。她和别人不一样。

她看了一眼人群中的伊斯墨涅和海蒙。漂亮的伊斯墨涅。漂亮的海蒙。活泼快乐的天生一对，让人羡慕。在两姐妹中，伊斯墨涅从来都是主角。只有两次例外。有一次深夜的舞会，伊斯墨涅被围拥在男孩子中间，海蒙找到角落里的安提戈涅。他向她求婚。“永远没有人会了解为了什么。安提戈涅不惊讶，用肃穆的目光看他，带着悲凉的微笑说好。”[①] 海蒙做了安提戈涅的未婚夫，他不知道这意味着什么。还有一次例外即将发生，发生在这出名曰安提戈涅的戏里。漂亮的伊斯墨涅和漂亮的海蒙对此一无所知。

人群中还有一个男人。他不说话，沉思的样子惹人注意。那是王者克瑞翁。从前，俄狄浦斯做王时，他过着闲暇的生活。他爱音乐，爱书本古玩，爱所有精致的物事。从前的克瑞翁为美而活。命运却安排他当王执政，成了引领羊群的牧人。克瑞翁如今活着为了政治。夜里，太累的时候，他会自问，放弃美的生活是不是值得？每日的琐碎是不是徒劳无功？政治也许更适合那些对美不敏感的人？但天会亮，他会起床，仿佛什么也没发生，他会平静应对一个又一个没有表情的白日。

他的妻子坐在不远处打毛线。无论晴天还是下雨，无论从前还是现在，欧律狄刻只做这个动作。克瑞翁人生中的剧变丝

---

① Jean Anouilh，*Antigone*，Paris，La Table Ronde，1946，p.10. 下文的引文皆直接译自法文本，不再标注页码。

毫没有影响到她。她只是一点点变老，从来没有停下手中的毛线活，直到轮到她站起来去死。

三个玩纸牌的卫士。他们浑身散发着酒气和蒜味。他们的话题只有股票、楼市和移民。他们随时准备执行上头交代的命令，包括杀人，并且无论干什么都不会影响胃口和睡眠。他们无知，浑噩。但怎么说呢，他们不是坏人。他们有家有小，相信生活只有一种可能，生活只能是也必须是他们兴兴头头过的这种。他们羡慕地想象和谈论他人的名利，但对自己的生活从来没有一丝疑问。

最后，除报信人和唱诗人以外，就剩克瑞翁的侍童了。他没有名字。在整出戏里，他陪在王的身边，看尽一切，一言不发。苍白的沉默的少年。直到最后一幕，克瑞翁对他说出心中的秘密。只对他一人说。

这样，观众认识了所有人物。

观众也事先知道了故事情节。

戏就要开演了……

开场：决裂

|安提戈涅与乳娘|

安提戈涅夜里跑出去散步，天明才回。

她踮着赤脚，手拎着鞋，头发凌乱，裙子沾满露水。神情古怪的女孩，像夜的精灵，还没从梦呓的世界走出。她遇见正为她担心的乳娘。乳娘絮叨着，数落她不睡觉，不像个体面规矩的姑娘。安提戈涅没听进去，她的双眸好似看向另一个世界，另一个乳娘看不见的世界。她们在开场的几段对话犹如两列平行的火车，各自开过，没有交集。

“你从哪里来？”

整部戏始于乳娘的一句问话。说者无心，听者不能无意。

安提戈涅回答乳娘的话更像是喃喃自语：

> 那时世界是灰的。现在是粉的黄的绿的，现在是一张明信片。要起早，才能看见无色的世界。
>
> 园子还在睡。我闯了进去。我在它不知觉时看见它。那尚未想及人类的园子多美呵！
>
> 野地里到处是湿的，等着。全等着。我独自在路上，弄出大的声响。我不自在。我知道我不是被等的人。
>
> 还是夜里。只我一人在野地，想着是早晨了。多奇妙！今天，我是第一个相信日光的人。

开场的一连串自诉犹如一首神秘晦涩的诗。在无人的暗夜，安提戈涅走过的园子如同伊甸园，被称为“尚未想及人类的园子”。在无人的暗夜，安提戈涅是第一个人，第一个相信日出的人。

“我觉得不自在。我知道我不是被等的人。”安提戈涅这个名字的希腊原文的字面含义是“反—出生”(Αντι-γονε)。安提戈涅天生含带悖逆。她注定不是被期待的人，也注定不会做被期待的事。她天生不合时宜，和别人不一样，并且要时时刻刻为此受苦。开场的话不但指向“你从哪里来”，也暗示了“你是谁”。

乳娘误以为，安提戈涅夜奔去会情人。开场中安提戈涅与乳娘的对话的后半部分围绕这个不是问题的问题而展开。我们知道，安提戈涅除了海蒙没有别的情人，并且她有更重要的事要做。但乳娘的一连串半带心疼半责备的话听起来合情合理，因为，安提戈涅要做的更重要的事超过乳娘这个人物设定的逻辑范畴。乳娘显得与我们所了解的肃剧基调格格不入。善良的，温暖的，贴心的，唠叨不停的。在下一秒钟，她就算化身成《飘》里的黑人妈妈，从窗口伸头喊郝思嘉回家，我们也不会惊讶。她随时可以进入随便哪个现代浪漫故事的场景，可以是任何女主人公的乳娘。我们注意到，她在幕起时的人物介绍里被一笔带过。乳娘就像是阿努伊的秘密武器：这个活泼泼的现代喜剧人物形象为这出戏开场，仿佛是阿努伊在公开宣告与古典肃剧的某种决裂。

|安提戈涅与伊斯墨涅|

伊斯墨涅也没睡。她想了一夜，把决定告诉安提戈涅。

故事发生在一个名叫忒拜的希腊城邦里，并且要从俄狄浦斯王说起。他的两个儿子争夺王位。其中一个叫厄忒俄克勒斯的先登上了王位，另一个叫波吕涅刻斯的流亡他乡。流亡的那个在外乡找到援助，率领外邦军队回来攻城。战争爆发了，兄弟两人在战场上厮杀双亡。他们的舅父克瑞翁当王执政。他传令，兄弟两人的尸体不应享受同等的安葬待遇。其中一个为保护城邦而死，理应厚葬。另一个是城邦的敌人和罪人，死后理应曝尸荒地，任凭兽禽吞噬。任何人企图安葬那具受诅咒的尸体，都要被判处死刑。

安提戈涅决意不顾一切要为兄长送葬。伊斯墨涅想了一夜说她做不到。

在此之前，两姐妹几乎没有分别。至少表面看来如此。同为俄狄浦斯的女儿，同在忒拜宫中长大。俄狄浦斯做王时，她们同受宠爱，“凡是王吃的东西，她们都有份”（俄，行1462—1463）①；俄狄浦斯瞎眼流亡中，她们给父亲领路，同“尽子女的照拂”（科，行445—446）。决裂在这一刻生成。一个做，一个不做。“你选择生，我选择死”（98，安，行555）。

---

① 文中的索福克勒斯三部曲引文采用罗念生先生的译文：《罗念生全集》，第二卷，上海人民出版社，2004年。引文后的括号里直接标注出处行数，《俄狄浦斯王》简称“俄”，《俄狄浦斯在科罗诺斯》简称“科”，《安提戈涅》简称“安”。

在索福克勒斯的同名肃剧里，开场即是两姐妹的对话。通过两姐妹的意见分歧，古典肃剧指向剧中人物的两难困境。表面看来，阿努伊依循古本，同样表现姐妹分歧。只是，在阿努伊的戏剧里，是否真正存在剧中人物的两难困境？这是值得我们贯穿整出戏加以思考的问题。

在索福克勒斯笔下，再清楚不过，两难是介于传统宗法与新王法令之间的两难。在希腊古人眼里，没有什么比死后不得安葬更严重的不幸和耻辱了。若依照传统宗法埋葬兄长，就会因悖逆国法被处死，若依国法不埋葬兄长，就会因悖逆神律遭天谴。无论安提戈涅还是伊斯墨涅，乃至剧中所有人物，每个人的思与行均未跳脱这对矛盾的张力。安提戈涅决心遵守“天神所重视的天条”(安，行 77)，却一再提到“高贵的克瑞翁的法令”(安，行 31)，并且承认，拂逆城邦的禁令就是“犯罪”，尽管是“虔敬的罪”(安，行 74)。同样的，伊斯墨涅选择顺从城邦的法令，却强调自己“并不藐视天条，只是没有力量和城邦对抗”(安，行 78—79)。无论做不做，都是陷于悖逆之罪。安提戈涅和伊斯墨涅深信不疑，这是命运神对俄狄浦斯家族的诅咒（两姐妹不约而同在开场分别提到命运），早从父亲那里就已开始。

在阿努伊笔下，情况发生了惊人却是必然的变化。诸神不在了，传统宗法的影响力荡然无存。法的有效性似乎还在，却呈现为截然不同的样貌。在古典肃剧中，伊斯墨涅出于理性而自愿顺从城邦法令，提出两点理由：生为女人斗不过男人，生为弱者斗不过强者。“我祈求下界鬼神原谅我，既然受压迫，我只好服从当权的人，不自量力是不聪明的”(安，行65—68)。相形之下，这里的伊斯墨涅被迫屈服王法，她的决定不是基于理性，不是基于对城邦秩序的敬意，而是出于对死亡的恐惧和对人群的厌恶。

> 他是王者，城中所有人都和他一样想法。他们蠢动着，成千上万，在忐拜的大街小巷围困我们。……他们嘲骂我们，他们的千百只手抓住我们，他们的千百张脸用同一种目光瞪视我们。他们会朝我们脸上吐唾沫。我们要关在囚车里前行，一路伴着他们的仇恨，忍受他们的臭味和讥笑。还有卫士们一脸蠢相，硬领紧箍着脖子，脑门子充血，粗厚的手刚洗过，像头牛样看人……哦！我受不了，我受不了。

安提戈涅并不反驳伊斯墨涅的说法。就人群的问题而言，安提戈涅与伊斯墨涅没有分歧，甚至剧中的主人公们无不一致。但安提戈涅执意埋葬兄长，即便是要忍受比赴死还难受的这一切。在这段对话里，安提戈涅仅有一次提到兄长，强调的不是礼葬死者的古法，而是群已的对峙。“各有各的角色。他得处死我们，而我们得埋葬我们的兄弟。本来就是这样分配的”。在古典肃剧里，个体与城邦的决裂不可能如此清晰乃至明目张胆。依据安提戈涅的逻辑，城邦扮演处置悖逆者的角色，而个体的角色没有别的，只能是悖逆。安提戈涅为此自设了悖逆城邦的个体角色。在很大程度上，埋葬兄长只是悖逆行为的借口。我们几乎要说，归根到底，安提戈涅并不真的在乎哥哥是不是得到符合礼法的安葬。

问题在于，安提戈涅悖逆行为的合理性依托的既不是“天神所重视的天条”，也不是“对兄长尽义务”，那么依托的又是什么呢？安提戈涅究竟为什么悖逆？

这一场里，安提戈涅听得多，说得少。但她两次反驳伊斯墨涅，让人在意。一次是伊斯墨涅劝说她试着明白这是办不到的事，还有一次伊斯墨涅问她是不是不想活了。伊斯墨涅有正常人的想法：如果安提戈涅能明白，就不会做；安提戈涅明知做了会死还坚持做，那是因为她不想活了。安提戈涅反驳了伊斯墨涅的正常人的想法。她的两次回应语气激烈，犹如某种申辩或自诉，一如既往地充满诗意。

明白……自我小时，你们就把这两个字挂在口中。要明白不能沾水，那一直在逃走的清冽美丽的水，那会弄湿石板，也不要沾到泥，那会弄脏裙子。要明白不能把东西一下子全吃光，不能把口袋里的钱全给遇到的乞丐，不能在风里奔跑直到摔在地上，不能在热的时候喝水，不能太早太晚洗澡，不能想做这些事就做。明白，总是明白。我啊，我不想明白。等我变老，我会明白的。如果我会变老的话。现在不行。

谁清早第一个起床就为了感受凉风吹拂敞露的肌肤？谁最后一个上床就为了在夜里多活一会儿直到倦得撑不住？谁从小就为了草地上有那么多小虫、那么多幼苗却没法全部带走而哭泣？

在这两段话里，安提戈涅把自己描述成一个拒绝长大的孩子。两段话不妨放在一处理解。安提戈涅拒绝了解大人世界，那是因为，她比别人更敏感于生命的美好，也因而不肯对人生的诸种虚妄妥协，并且在自然天性受伤时比别人痛得更厉害。正是在此设定下我们有可能了解安提戈涅的不合时宜的悖逆。这个拒绝长大的孩子同时还拒绝成人的理性，拒绝城邦的秩序，拒绝政治的正当性。阿努伊的安提戈涅不折不扣是二十世纪的孩子，犹如塞林格笔下的愤怒而焦虑的霍尔顿，或科克托笔下的可怕的孩子们。

在现代世界的精神荒原里，孩子是保留人性纯真的最后一丝希望。只是，安提戈涅有可能单纯地做一个纯真的孩子吗？当她赞叹天明以前走过的那个原初完美的园子时，分明用的是过去时。“悖逆出生”的安提戈涅就如希腊神话里的格赖埃姐妹，徒有娇嫩的容颜，出生时已白发苍苍。

| 安提戈涅与海蒙 |

海蒙出场以前，安提戈涅与乳娘还有一段对话。在乳娘面前，安提戈涅重新做了一回孩子，展露了无比脆弱的一面。“要面对这一切，我还太小了”。乳娘当心着安提戈涅的身体不要挨饿着凉，却无从关怀她在精神上的疾病。乳娘无知无觉的温存与安提戈涅的焦虑形成鲜明对比。

海蒙来了。安提戈涅的身份从小孩变成母亲。她说起他们原本会有的孩子。“他会有一个连头发也梳不好的小妈妈，却比世上一切乳房坚实、穿大围裙的那些真实的母亲还要可靠”。拒绝长大的安提戈涅想象有自己的孩子，[①] 多么不可思议，却让人印象深刻。我们明明知道安提戈涅永无可能成为母亲，因为安提戈涅的人生注定和别人不一样。与此同时，“安提戈涅的孩子”这一想法一经生成就不能消散，仿佛那是天经地义的，仿佛从此再也摆脱不了它的纠缠。

安提戈涅想象她和海蒙的孩子，这还因为在海蒙面前她是柏拉图对话中所谓的“有情人”。她爱海蒙，像一切现代浪漫剧里的女主人公那样，毫不掩饰对他的爱，并为爱无法实现而

---

① 她也许在想象中建构了一个自己想望而不能有的童年，就如《麦田里的守望者》的主人公：“我会站在一道破悬崖边上。我要做的就是抓住每个跑向悬崖的孩子。我是说要是他们跑起来不看方向，我就得从哪儿过来抓住他们。我整天就干这种事，就当个麦田里的守望者得了。”（塞林格，《麦田里的守望者》，孙仲旭译，译林出版社，2007 年，页 174）

悲痛欲绝。前一天夜里，她穿着伊斯墨涅的裙子，涂着香水和口红，想在赴死以前把自己的身体献给海蒙。现在，她告诉海蒙，她不会嫁给他。她残酷地要求海蒙听完转身就走，一句话也不许说。她完全明白海蒙有多伤心，因为她比他更绝望。

我们是如此习惯于这些现代爱情故事的细节描述，以至于在对照索福克勒斯的肃剧时，安提戈涅对海蒙没有任何表白，从头到尾不曾对海蒙说过一句话，甚至没有片言只句提及她与海蒙的关系，这个发现让我们觉得不可思议。古典肃剧没有爱情故事，男女之间除了婚姻，没有别的问题值得拿出来在城邦的舞台上探讨。安提戈涅和海蒙是一桩被看好的婚姻。伊斯墨涅在某个时候评价说，这是“情投意合的婚姻”（安，行 570），但也仅仅点到为止。在戏中，不但安提戈涅不曾提及海蒙，就连海蒙向父亲求情时也只说：“我不会把我的婚姻看得比你的善良教导更重。”（行 637—638）

在《论戏剧的信》中，卢梭明确指出：“希腊人的肃剧从来不需要靠表演谈情说爱吸引观众的兴趣，他们从来不这样做。我们的肃剧没有这么高明，不表演男女相爱的情节，就引不起人们的兴趣。”[①] 古典肃剧不在舞台上谈情说爱，归根到底是不在公开场合谈论私人事务，表白私人情感。换言之，公开场合只适合用来讨论城邦公共事务。在索福克勒斯的终场里，

① Rousseau，*Lettre à D'Alembert*，GF Flammarion，2003，note 76.

欧律狄刻听闻儿子死讯，没有当众流露出哀伤的情绪，得到忒拜人的赞许，因为，家庭的不幸适合“在家里领着侍女们哀悼”(安，行1249)。同样的，在开场里，安提戈涅与伊斯墨涅的对话围绕神律与新政的对峙所形成的理性困境而展开，表面似乎在说些个人的选择或家庭的变故，事实上一切讨论无不以城邦内部的共同政治生活准则为中心。

在阿努伊的开场里，安提戈涅与乳娘、伊斯墨涅和海蒙一一告别。三次不同形式的决裂，似乎对应了安提戈涅临死前的悲歌，只不过，在古典肃剧里，这场戏发生在故事的结尾处。阿努伊的安提戈涅在故事尚未正式开始以前就已告别了生命。与此同时，开场的三次不同风格的对话，重点无不是安提戈涅一而再、再而三的自我申诉。与古典的安提戈涅相比，现代版本的安提戈涅有太多的自我纠缠，城邦褪色为遥远的几乎不再清晰的背景，他者仅仅作为与自我相敌对的因素而存在，并最终成为个体的悖逆的含糊对象。

然而，身为现代观众的我们为这一幕所感动。海蒙走了，安提戈涅关紧门窗，坐在舞台中央的小凳子上，表情出奇平静，轻声说：“好了。海蒙的事完了，安提戈涅”。这像是安提戈涅的喃喃自语，不妨说，这是一个安提戈涅与另一个安提戈涅的无奈对话，这是现代浪漫剧的安提戈涅对古典肃剧的安提戈涅的自觉让步。阿努伊的戏剧的魅力就出现在这样一些古今决裂的伤口不自觉坦露的时刻。

无论如何，有什么办法？决裂已经生成。一切都太晚了。园子，童年，全回不去了。开场的最后一幕，伊斯墨涅想要劝阻安提戈涅。但一切都太晚了。那天天亮时，安提戈涅出去，去给兄长送了葬。

第一场：逆　鳞

| 克瑞翁与卫士 |

索福克勒斯让克瑞翁召集长老会议，发表一通长篇讲辞，宣告新政出台，并重申不得安葬国家的罪人。忒拜长老们组成的歌队当场发表异议。在忒拜人眼里，新规矩与城邦的习传伦理相抵触，公然人为立法，形同于无视神法，这一切代表了某种全新的政治价值。

这种新的政治价值历经岁月沧桑，在现代戏剧语境里成为伤痕累累的常态。阿努伊没有让克瑞翁公开宣讲执政理念。事实上，公开场合谈论公共事务的正当性完全没有在现代克瑞翁的执政中得到体现。克瑞翁不喜欢公开。他得知有人试图埋葬被诅咒的尸体，先命令卫士不得外传消息。他得知安提戈涅做了这事，先问卫士来的路上有没有被人看见。安提戈涅反驳他时，他先要她住嘴，以免被人听到。归根到底，安提戈涅该不该死，完全取决于事件有没有公开暴露。古典肃剧里的克瑞翁宣称立法基于城邦利益，显得具有自足的政治正当性，就连悖逆者安提戈涅也不得不认可这种正当性。在现代戏剧里，这种正当性全然丧失意义。城邦法则不再是被关注的重点。以神律为基础的传统宗法被取代，而新的政治的合法性又如施密特所言被彻底质疑。

第一场直接进入克瑞翁与卫士的对话。就故事情节而言，阿努伊大致沿用了索福克勒斯的叙事。卫士们发现，有人趁他们不注意，在那具被诅咒的尸首上撒了一层泥，行了应有的仪式。“泥土是依照礼法撒上去的，干的人清楚自己在做什么”(50)。我们知道是谁做的，但卫士们不知道，克瑞翁也不知道。卫士们慌张之下，彼此埋怨，抽签选出一人去报告克瑞翁。

这个抽签选出的卫士有一个名字——在阿努伊笔下，除非特意安排，人人都有名字，连安提戈涅的小狗也不例外。二等兵约拿。这像是一个字面游戏——旧约里的约拿同样被选中，千方百计逃脱神命，乃至在大鱼腹中待了三日三夜。卫士约拿是个粗人，却和先知一样摊上了不走运的信使的差事。“一个人带着可怕的消息，心里就害怕”(安，行 243)。他心里慌张，吞吞吐吐，好不容易把事情交代明白。他搞不懂究竟是谁胆敢干这掉脑袋的事。现场也没有留下什么蛛丝马迹。

只不过有些轻微得像鸟迹的脚印。后来在稍远的地方找到了一把小铲子，一把小孩子玩的旧铲子，全

> 生了锈。我们想这事儿不可能是孩子干的。

“孩子”的说法呼应了安提戈涅的自我定义。在不知情人的眼里，孩子的玩具出现在这样人命关天的场合，着实荒诞不经。然而，出于某些并不简单的缘故，“孩子”的说法大大刺激了王者克瑞翁。

> 一个小孩……他们大约以为这样更动人。我从这儿就看得见他们的“小孩”，长着收钱杀人的嘴脸，小铲子被小心用纸包好藏在外衣里。除非，他们真的花言巧语唆使了一个真正的孩子……一个难以估价的无辜者。一个脸色苍白的真正的少年，朝我的枪口吐唾沫。我的手沾满那宝贵的鲜血，他们倒是一举两得。

在古代版本里，克瑞翁同样被激怒了，并同样长篇斥责了反对派的蓄意挑衅。值得注意的是，真正刺激王者的同样不是反对派的罪行，而是因为忒拜长老们认为，埋葬城邦的罪人波吕涅刻斯乃是天神所使（安，行 278—279）。在王者眼里，花钱杀人的反对派自然可恶，但再怎么棘手，终究可以依法查办，这些人威胁了城邦的利益，却不足以困扰王者的执政伦理。真正的威胁，在古代克瑞翁眼里，来自城邦长老们拿“天神”说事所体现出的传统宗法对民心无可抗拒的影响力，在现代克瑞翁这里，却是一个在脑中纠缠不去的“苍白沉默的少年”。这个奇妙的意象还将一再出现在阿努伊的戏中。在这一段里，“孩子”的说法反复七次出现在克瑞翁口中。苍白沉默的少年，“难以估价的无辜者”，不顾性命地前来刺杀王者。在退场的时候，克瑞翁甚至问身边的侍童：

> 你呢，你会为我去死吗？你想你会带着小铲子去吗？……会的，当然，你也会马上就去的……一个孩子！

侍童看着他，没有说话。他抚摸那少年的头，和他一同退场，一路不住叹息。王者克瑞翁心知肚明，他的政治软肋在哪里。迟早会有人一剑刺中这个阿喀琉斯之踵，并且会是他身边最亲近、心里最疼惜的人。

唱诗人

第一场和第二场之间有一段唱诗人的长篇大论，颇不寻常。阿努伊的戏剧打破了肃剧的传统结构。我们不妨简单回顾一下索福克勒斯的《安提戈涅》的谋篇结构：

开　场：安提戈涅、伊斯墨涅＋（进场歌）

第一场：克瑞翁、卫士＋（第一合唱歌）

第二场：卫士、克瑞翁、安提戈涅、伊斯墨涅＋（第二合唱歌）

第三场：克瑞翁、海蒙＋（第三合唱歌）

第四场：安提戈涅、歌队长、克瑞翁＋（第四合唱歌）

第五场：忒瑞西阿斯、克瑞翁、歌队长＋（第五合唱歌）

退　场：报信人、欧律狄刻、歌队长、克瑞翁

在阿努伊这里，没有分场，没有一场戏搭配一次合唱歌的典型做法。事实上，歌队丧失了传统意义的功能。和开场人一样，“歌队”（le choeur）被大写，被人身化成一个“唱诗人”（le Choeur）。这个唱诗人显然与索福克勒斯笔下的忒拜长老们无关。唱诗人在戏中出现多次，每次的出现时机均不寻常。他试图劝说克瑞翁别让安提戈涅死，但没有用；他试图帮助海蒙说服父亲，但没有用；他试图让克瑞翁想办法挽留海蒙，但没有用；他宣布安提戈涅死后就轮到克瑞翁；他告诉克瑞翁妻子的死讯，并声称克瑞翁要在孤独中等待死亡；他为整出戏发表落幕前的结语。一开始，唱诗人几次三番有意阻止人物走向肃剧的结局，但阻止无效，他转而点评和预言人物的结局。唱诗人

是那个试图阻止肃剧发生却在某种程度上大大推进肃剧发生的人。唱诗人不是别人，就是作者阿努伊本人。

肃剧就是这点便宜。只需动个指头，一切就开动了，只需一点微不足道的事，诸如瞥一眼在路上走过举起手臂的女孩，或某一天早晨醒来想吃点什么似的想要有荣誉，或某个夜里多问了自己一个多余的问题……不外如此。随后就任由它去，大可安心。一切无比精确地自行开动……

情节剧（drame）里有叛徒，有顽固的坏蛋，有无辜的受害人，有复仇的，有行侠仗义的，有希望的微光，这一切让死亡就如一场意外事故，无比恐怖。剧中人物或许会得救，那个好青年或许会带着警察及时赶到。在肃剧里一概平静。首先都是自己人，说到底都是无辜的！这与一个杀人另一个被杀无关。这是角色分配的问题。再说，肃剧让人心定，因为我们知道不会有希望，不会有肮脏的希望了；我们知道我们全被套牢，活像老鼠，天运压背；我们知道从此没必要呻吟和抱怨，只能呼喊，只能放声叫嚷，把要说的、不曾说过的和自己也许还不知道的话通通叫嚷出来。不为别的，就为了告诉自己，让自己知道。在情节剧里，人还会挣扎，因为还有挣脱出去的希望。多么可耻，只求实利。在肃剧里，人没有挣扎的理由。那是君王们的事。何况，再没什么好值得历险的。

阿努伊在这里为古希腊以降的肃剧传统（tragédie/τραγῳδία）做了界定。作为对比参照的是一种现代戏剧类型，也就是从十八世纪开始盛行的情节剧。Drame，也有译成“浪漫剧”，源自希腊文 δρᾶμα，或拉丁文 drama，本指“故事情节”。肃剧与情节剧的根本不同，首先在于肃剧中的人物不分好人坏人，没有人能逃脱命运的困境，每个人都是在有死的人生中受苦的人，无论杀人的人，还是被杀的人，没有谁比谁更正义，也没有谁比谁更得到命运的偏袒，肃剧人物归根到底都是“自己人”，都是“无辜者”；其次在于，属人的有限性使得肃剧人物的一切努力只能是直面不可逆转的困境，只能是在戳瞎双眼之后看清人生的真谛，而不可能与命运抗争，不可能改变人生或拯救世界。相形之下，在现代情节剧里，人物有希望，有抗争的必要，“好人”最终会战胜“坏人”。作为正义的代表，主人公身处最黑暗的绝境，必须在有限时间里完成不可能完成的任务，颠覆恶势力，扭转乾坤，拯救无辜……还有必要多说吗？我们再熟悉不过这样的剧情，从好莱坞商业电影，到政治舞台上的梦幻标兵，这些浪漫主义故事表面似乎在仿效古代英雄的历险传统，实则与古典肃剧精神南辕北辙。肃剧与情节剧的不同，归根到底是古人与今人的自我认识之别。

阿努伊的戏剧自定义为肃剧，而不是现代情节剧。唱诗人的角色充分说明了这一点。从某种程度而言，我们探寻阿努伊的现代肃剧与古典肃剧的诸种差别，前提条件恰恰在此：倘若阿努伊写了一出现代情节剧，我们将既没有理由也没有必要拿它来比较索福克勒斯的同名肃剧——毕竟，同名不足以构成对比的正当性。换句话说，谈论古今之别的正当性，只能而且必须是，古今之别就在阿努伊的文本本身。

一个并不新鲜的问题应运而生：古典肃剧展示人的困境是基于神与人的分离，阿努伊的世界里没有诸神在场，又是基于什么样的伦理维度呢？毕竟，唱诗人为肃剧与现代情节剧做出界定，重点并不是基于戏剧创作的修辞探讨，而是从局外人的角度阐发剧中人物的生存哲学。

答案并不难找，近在眼前。几乎是阿努伊创作《安提戈涅》的同时，加缪写下了《西绪福斯神话》(1942 年)，提出了某种荒诞哲学。荒诞感产生于无法预计的日常时刻，某个街角，看似和别的早晨没有两样的早晨，或多问了自己一个问题的夜里。荒诞感一旦生成就挥之不去，从前的日常再也不可能回头。加缪把荒诞定义为“产生于人类的呼唤和世界的无理性的沉默之间的对立”①。在这里，唱诗人重复使用了相同的关

① Albert Camus，*Le Mythe de Sisyphe*，Gallimard，NRF，1942，p.44.

键词，除了没有希望的“呼喊”(只为自己听见，不为别人明白)，还有“各种各样的沉默”：

> ……还有寂静，各种各样的寂静：刽子手抬起手臂的那种终结的寂静，两个情人头一回在幽暗的室内赤裸相对，不敢轻举妄动的那种初始的寂静，人群围着胜利者狂呼时的那种寂静——好比一盘坏了的电影带子，所有人张着嘴，没发出一点声响，喧哗只是一种影像，那个胜利者已然被打败，孤独处于寂静的中心……

加缪选用唐璜、戏剧和征服这三个例子来阐发“荒诞的人”，恰与这里的例子相互呼应。有关希望的说法进一步印证了两个文本或两种思考的彼此呼应。唱诗人说，肃剧人物深知“不会有肮脏的希望了”；《西绪福斯神话》在荒诞和自杀之外关注了第三个主题，就是希望，更准确地说是“没有希望”。没有希望，归根到底是人离开神的罪的状态。没有希望因而与荒诞相连，是现代性的纯粹用语。“荒诞不通往神，荒诞是没有神的罪孽”①。

没有必要探究谁影响谁。不妨说，唱诗人的一席话真实反

① Albert Camus，*Le Mythe de Sisyphe*，Gallimard，NRF，1942，p.60.

映了阿努伊时代——何尝不依然是我们这个时代?!——的某种精神伦理样貌。

第二场：自由与困境

| 卫士们 |

阿努伊加了一场卫士们彼此调侃的戏。他们在言语中轻慢安提戈涅，把她比作妓女和疯女人。按他们的原话说，安提戈涅自称“老王俄狄浦斯的女儿”，就像“妓女被抓时自称是警察局长的情人”，毫无值得敬畏之处。他们捉到人，喜笑颜开，盼着多拿点儿赏金，忙不迭地商量庆功。我们已经说过，卫士们不是坏人，只是“一些粗人”，他们只知道听从命令抓住安提戈涅，没有兴趣知道安提戈涅究竟想做什么。

卫士们向克瑞翁报告捉拿犯人的经过。中午时分，日头曝晒，风住了，尸体发出难忍的臭气，卫士不敢离开半步。他们稍一转身，却赫然发现：“她就已经用手在那里挖着了。光天化日呢!”故事经过与古代版本并无二致。只是，在索福克勒斯笔下，整个叙述过程充满仪式感和神圣性，正午有莫名离奇的风沙呼啸而过，仿佛天神到场，庇助俄狄浦斯王的女儿：

> 这样过了很久，一直到太阳的灿烂光轮开到了中天，热得像火一样的时候；突然间一阵旋风从地上卷起了沙子，天空阴暗了，这风沙弥漫原野，吹得平底丛林枝断叶落，太空中净是树叶；我们闭着眼睛忍受这天灾。这样过了许久，等风暴停止，我们就发现了这女子，她大声哭喊，像鸟儿看见窝儿空了，雏儿丢了，在悲痛中发出尖锐声音。她也是这样：她看见尸体露了出来就放声大哭，对那些拂去沙子的人发出凶恶诅咒。她立即捧了些干沙，高高举起一只精制的铜壶奠了三次酒水敬礼死者。（安，行415—431）

同样的故事，同是出自卫士之口，古代版本带有明显的敬畏语气。在阿努伊这里，一切截然相反：

> 简直像只扒土的小兽。当时热气蒸腾，有个伙计一眼看去，还说："不对，是只畜生。""亏你想得出，"我对他说，"畜生哪有这么细长的。是个女孩儿呢。"

从神到兽，落差让人惊异，却又是必然的。在老王的女儿安提戈涅身上，卫士们看不出一丝神圣不可侵犯的东西，他们只看到"一只小兽"。

让我们不要过分苛责这群卫士。他们看待安提戈涅的眼光，就是他们看待自己的眼光。他们并不自知，他们轻视老王俄狄浦斯的权威，归根到底他们轻视一切权威，有着怎样的来龙去脉。两千多年间，忒拜城发生了翻天覆地的变化。在古代肃剧里扮演如此重要角色的忒拜长老们被迫彻底退场，一起销声匿迹的还有新王改革掉的传统宗法，整个城邦以创新为荣，老王俄狄浦斯代表的价值被视同落后。卫士们的生活态度是克瑞翁新政所带来的结果："取代严峻的古代法律，改为从此由人根据自由的意志来自行决定什么是善，什么是恶"[①]——

> 你想进入人世，空着手走去，带着某种自由的誓约，但是他们由于平庸无知和天生的粗野不逊，根本不能理解它，还对它满心畏惧——因为从来对于人类和人类社会来说，再没有比自由更难忍受的东西了！……你反驳说人不能单靠面包活着。但是你可知道，大地的精灵恰恰会借这尘世的面包为名，起来反叛，同你交战，并且战胜你，而大家全会跟着他跑，喊道："谁能和这野兽相比，他从天上给我们取来了火！"[②]

① 陀思妥耶夫斯基，《卡拉马佐夫兄弟》，耿济之译，北京：人民文学出版社，1994年，上卷，页381。
② 《卡拉马佐夫兄弟》，前揭，页378。

我们从阿努伊出发，经过加缪，遇到陀思妥耶夫斯基（还有别的好些作者），不应感到惊讶。所有这些作者运用诗歌、戏剧、小说或哲学，始终在反复讨论思想史上的同一个问题。陀思妥耶夫斯基的宗教大法官质疑耶稣在旷野里的做法。通过拒受魔鬼的第一个试探，拒绝把石头变成面包，耶稣把自由给予人类。然而，“对于人是再没有比良心的自由更为诱人的了，但同时也再没有比它更为痛苦的了”，自由所带来的，不是“使人类良心一劳永逸得到安慰的坚实基础”（比如面包），而是“种种不寻常的、不确定的、含糊可疑的东西，人们力所不及的东西”①。现在，这群卫士拥有了“自由选择”的权利，但在自由与面包不可兼得的基本事实面前，他们情愿主动交出自由，以保障有足够的面包。“他们没有道德，他们叛逆，但是到了后来他们会成为驯顺的人。”②

安提戈涅与卫士之间，对话是不可能的。她干脆地认罪，却不愿意“被他们的脏手碰到”。阿努伊似乎默认这种对人群的疏离、戒备和敌意。伊斯墨涅如此，海蒙如此，克瑞翁同样如此。

安提戈涅违令葬兄，整个忒拜城上下，从长老到卫士，人人被惊动，城邦事务即是每个人的事，这样的政治场面再也不

①② 《卡拉马佐夫兄弟》，前揭，页 381。

可能重现了。从此，在各种自由概念的引导下，城邦和政治的唯一存在理由是确保个人自由的条件，防止对个人自由的一切侵害。① 无论卫士还是安提戈涅，人们对城邦和政治极端冷漠，所有引起关注的问题仅限于伦理纠结（安提戈涅）、利益竞争（卫士），或两者之间的往复周旋（克瑞翁）。发生在忒拜城中的这场剧变根源在于与新王新政引发的自由主义密不可分的现代政治危机。这一致命性的危机感染到每一个生活其中的现代人。无人能置身其外。

| 克瑞翁与安提戈涅 |

终于到了安提戈涅与克瑞翁单独交谈的时候。

我忍不住想到伊凡与阿辽沙坐在小酒馆的屏风后面的那次交谈。在《卡拉马佐夫兄弟》里，那是第一次，也是最后一次。在那之前和之后，他们分别与各种各样的人做过交谈（陀思妥耶夫斯基讲故事的方法不正是这一场接一场轮番上台让人喘不过气的对话吗?）。他们只对彼此保持沉默，他们又特别关注对方，这使得沉默别有深意。那次独一无二的会谈成为某种形式的出发点，这对亲兄弟一起出发，各自走向截然不同的道路。

我想象阿努伊的安提戈涅在忒拜城中寂寞地长大，与王

① 参看刘小枫选编，《施密特与政治法学》（增订本），刘锋等译，2008 年，华东师大出版社，页 13 等处。

者克瑞翁并没有什么交集。诚然，他这个舅父给了她第一个洋娃娃，他的儿子新近又和她订了婚。但这个瘦小的不起眼的女孩儿站在王者面前，与他单独交谈，这是第一次，也是最后一次。

克瑞翁不想让安提戈涅死。在索福克勒斯笔下，克瑞翁与安提戈涅针锋相对，双方坚持各自的理念，互不妥协。安提戈涅坚信“凡人的一道命令不能废除天神制定的永恒不变的不成文律条”(安，行 454—455)，克瑞翁则竭力维护新政权威，坚决严惩“那个做了坏事被人捉住反而像夸耀罪行的人”(安，行 495—496)。在双方矛盾不可调和的情况下，王者毫不迟疑地决定了安提戈涅的死。在阿努伊这里，从头到尾，克瑞翁不想处死安提戈涅。整场对话中，安提戈涅执意赴死，克瑞翁反复劝说她，至少发表五次长篇讲辞，在某个时刻几乎奏效，但最终失败了。

我们来看看这场艰难的对话经过。

克瑞翁为救安提戈涅，决定封锁消息，必要时把卫士灭口。安提戈涅不肯配合。她承认明知故犯，必要时还会再去。她准备好了被处死。克瑞翁第一次长篇发言，申明他与俄狄浦斯为王的根本区别：安提戈涅和父亲一样高傲，城邦却因王者的高傲而受伤，城邦需要克瑞翁这样的王者。他放她回房间，她却往门外走，还想再去埋葬被卫士们扒出的尸体。克瑞翁的第一次劝说失败。

克瑞翁继而揭露，安提戈涅根本轻视葬礼仪式，也厌恶神职人员的虚伪祝祷，这样冒死一意孤行是荒诞的做法。安提戈涅承认这是荒诞的，承认她这么做不为兄长只为自己。克瑞翁第二次长篇发言，他本可以轻松做个暴君，折磨她，处死她，可是他想救安提戈涅，不愿意放任她死在这场和尸体一起腐烂发臭的政治事件里。

第二次劝说没有奏效，却引发克瑞翁与安提戈涅的对峙。既然克瑞翁承认政治肮脏不美，那么，依照安提戈涅的逻辑，就要说“不”，哪怕为此送死。在第三次长篇言说中，克瑞翁用一艘遭遇风暴的破船的譬喻，述说他在忒拜做王的真相。说“不”太容易，就算送死，也只是一动不动等在那里。克瑞翁选择了说“是”这条更艰难的道路。

安提戈涅始终不为所动。克瑞翁筋疲力尽，使出最后一招。他告诉安提戈涅，她并不知道她的两个兄长的真相。波吕涅刻斯是干尽坏事的花花公子，他向父亲俄狄浦斯要钱不成，把父亲打了，逃到外乡不死心，频频派人行刺父亲。厄忒俄克勒斯和他一样，也图谋杀父篡夺王位，也随时准备卖国求荣。他们死在一起，尸身分辨不清，克瑞翁随便选了一具举行国葬，留下另一具任它腐烂。出于城邦政治的需求，他们一个成了圣人英雄，另一个成了叛徒敌人。克瑞翁讲完问安提戈涅，她还愿意死在这个可悲而肮脏的故事里吗？

第四次长篇言说起了作用。安提戈涅被说动了。在本该功成身退的时候，出于某种难以言状的冲动，克瑞翁发表了最后一次长篇言说，用前所未有的温柔语气说起“幸福”，也彻底激怒安提戈涅。她在众人前狂呼：“你们的幸福和你们那种非爱不可的生活让我恶心”。克瑞翁前功尽弃。

这场对话是阿努伊精心打造的重头戏，正如伊凡与阿辽沙谈宗教大法官是陀思妥耶夫斯基笔下的重头戏。在克瑞翁与安提戈涅之间，没有好人坏人之别，终究也没有谁赢谁输。这段占全剧四分之一篇幅的对话，从某种程度上更像是克瑞翁的冗长自白。安提戈涅说得很少，也几乎没听。安提戈涅拒绝去理解。冲突集中表现为安提戈涅情愿赴死，而克瑞翁不想她死。双方各有各的逻辑，理念之争在多数时候却是含糊不清的。阿努伊的主人公“全都对生命的意义发出了疑问，从这点而言，他们都是现代的。问题以一种如此激烈的方式提出，以至于它需要一种极端的解决。存在要么是骗人的，要么是永恒的。”①加缪对陀思妥耶夫斯基小说的评论，也适用阿努伊的《安提戈涅》。

安提戈涅为什么执意赴死？表面看来，尤其在与古代版本相比之下，安提戈涅似乎欠缺一以贯之的逻辑。一开始她也声称“死者未经安葬，会永远游荡不得安息”。但她很快承认不相信葬礼的这些用途，倘若死者是她所爱的人，那么她会在仪

① Albert Camus，*Le Mythe de Sisyphe*，前揭 p.140。

式中尖叫，让祝祷的神职人员住口，把他们赶走。这意味着，安提戈涅并不爱死去的兄长，他只是她的借口。然而，当克瑞翁揭穿兄长的真相时，安提戈涅如此在乎，深受丑陋事实的打击，以至于放弃赴死的决心。阿努伊的安提戈涅不但有“孩子气”的外表，还有“孩子气”的言行。

然而，让我们不要过分夸大古今安提戈涅的不同吧。安提戈涅之所以是安提戈涅，有一些东西是必然不变的。她的悖逆身份，她的不合时宜，她为坚守理念赴死。在古代版本里，安提戈涅坚持以神法对抗人法，在现代版本里，安提戈涅做的事不为兄长，不为任何人，“只为自己”，只为摆脱一切束缚的自由。二十世纪初的法国作家巴雷在《斯巴达游记》中评价索福克勒斯笔下的安提戈涅与克瑞翁的对峙：

> 明智的人读到这一幕，情愿有一角面纱遮脸，因为，这位童贞女呼求属神的正义，以此反驳属人的脆弱的公正，她是多么光彩夺目，让我们感动和同情。然而，当事关生活在社会中时，我不能赞同这骑士般的行为，把我自己列在这位勇敢的女子身边。我若顺服于安提戈涅的魔力，城邦就不再存在。这个童贞女以个人见识为名，反抗成文法，并以行事不同于她的同胞为豪。在她之后，我们中的每个人只要仿效她，都可以引用那出自于神的不朽的不成文律法作为

理由。[1]

巴雷在书中写到，他在希腊度过的最美好时光，莫过于在狄俄尼索斯剧场里重读索福克勒斯的《安提戈涅》。然而，尽管仰慕安提戈涅，他却不能苟同她反抗城邦律法的做法。巴雷的一席话再好不过地指出，自由主义倾向早在古典的安提戈涅身上就已生根发芽。

还有一个问题更让人在意：克瑞翁为什么要费尽心思阻止安提戈涅去寻死？

“有一天早晨，我一觉醒来成了忒拜的王。老天晓得，在生命中我倒更爱权力之外的东西”。在偌大的舞台上，克瑞翁面对小小的安提戈涅，发表了长篇政治自白。在某个时刻，人物角色发生了微妙的转变。克瑞翁自我申辩，竭力论证身为王者的政治言行的正当性，而安提戈涅不再是罪犯，反成了审判者。

那个时代在忒拜已成过去。忒拜如今要有一个没有故事的君王。我，我名叫克瑞翁，仅此而已，感谢神。我双脚踏着实地，双手插着口袋，既然我是王，没有你父亲那样的野心，我决定了，如果可能，我要努力让这个世界的秩序少一点荒诞……做王的有比个

① Maurice Barrès，*Un Voyage à Sparte*，La Revue des deux mondes，1905，IX.

人心酸更需要操心的事。

临危上任的克瑞翁取缔老王俄狄浦斯时代的旧制度，这让人想到阿尔托在建立残酷戏剧理论时摒弃了包括索福克勒斯的《俄狄浦斯王》在内的一切传统肃剧。在《与杰作决裂》中，阿尔托宣告："死去的诗人该给别人让路"①。基于相似的理由，阿努伊的克瑞翁在这里声称："忒拜要有一个没有故事的君王。"克瑞翁整顿公共政治秩序，是为了"让这个世界的秩序少一点荒诞"。在他看来，荒诞的现实不可能根除，忒拜政治这艘船败坏到了极点，偏偏又遭遇风暴。

> 总得有人驾驶这船，这条到处浸水，充满罪恶、愚蠢和灾难的船。船舵在那儿晃得厉害。船员不想再有作为，他们只想着偷舱房，长官们忙着给自己造一艘舒服的小筏，带走船上所有淡水，至少得保住他们的小命。船桅折断了，大风呼啸，船帆快要撕裂了，所有这些粗人就要死在一块儿……这时只能握住木舵，在排山倒海的浪前驶正，大声地命令，对着逼近的人群中的最前排扫射。对着人群！……一切都没有名字。只有那艘船，只有那场风暴会留下名字。

① 阿尔托，《残酷戏剧》，桂裕芳译，2015 年，商务印书馆，页 80。

在克瑞翁的言辞里，城邦秩序充满罪恶、愚蠢和灾难，政治是肮脏而丑陋的，而他这个王“扮的是丑角”。克瑞翁不但否定忒拜的政治，也轻视忒拜的人群，称之为“我所统治的蠢人们”。克瑞翁深谙诸种政治技艺，有效遏制反对派，依法严惩违法者，娴熟地运用隐瞒、造假、做戏诸种宣传手段，在必要的时候树立人民英雄和公共敌人。平心而论，克瑞翁出色地扮演了政治家的角色。

与此同时，他深信这一切是荒诞的无意义的。克瑞翁仿佛加缪笔下的荒诞的人，相信“一切都是被允许的”，因而也就无所谓罪孽。在某种程度上，克瑞翁就如神话中微笑走向命中的巨石的西绪福斯，在深切质疑政治的正当性的同时，带着清醒和勇气承受政治的重负。

克瑞翁违背本意，对政治说“是”。他本可以像安提戈涅那样说“不”。但他认为，说“是”才是正直的做法。克瑞翁相信，活着就是“使荒诞活着。使荒诞活着，就是正视它”，活着就是“对希望的拒绝，对一种没有慰藉的生活的固执的见证。”① 和所有流浪在现代荒原里的荒诞的人一样，克瑞翁相信

① Albert Camus，*Le Mythe de Sisyphe*，前揭，p.128，p.133。在有关荒诞的推理中，加缪首先提出人在觉醒之余的两种后果：要么拒斥荒诞而自杀，要么回归日常的荒诞（pp.26—27)。《西绪福斯神话》随后还提出第三种可能，也就是对荒诞说“是”的英雄西绪福斯（pp.159—166)。在阿努伊笔下的克瑞翁、安提戈涅和卫士约拿等人物身上，我们依稀看得见三种人生态度的折射。

某种“荒诞的自由”。

正因为这样，在克瑞翁眼里，小小的安提戈涅所坚持的小小的个人自由是如此珍贵，让他不惜代价竭力呵护。我们已经说过，克瑞翁宣布民主法治是为了维护公共政治秩序，还有一点心照不宣，维护公共政治秩序归根到底不为别的，就为了保护个人自由。

> 天晓得我今天有多少事要做，但还是得救你这个小鬼，费多少时间我在所不惜。一场革命失败后的第二天，我向你保证，不知有多少烫手的山芋。让那些十万火急的事都等着吧。
>
> 我常常想象与某个苍白的少年这样对话，他试图前来行刺我。除了蔑视，我从他那儿什么也没得到。我却没料到竟会是你，竟会是为了这等蠢事。

克瑞翁又一次提到心头的梦魇。某个前来刺杀他的苍白的少年。他万万没想到，那人远在天边，近在眼前。小小的安提戈涅站在他面前，脸色苍白，沉默无言，让他瞬间分不清梦境与现实。我们不会忘记，讲述宗教大法官的伊凡同样脸色苍白，像个孩子一样。在进入正题以前，他甚而需要列数诸种“孩子的痛苦”（“无辜的人不应该替别人受苦，何况还是这样一些无辜的人……”）作为铺垫[1]。我们更不会忘记，尼采以怎样尖锐而苦涩的语气讲到世人如何对待那些“苍白的罪犯”：

> 光处罚罪犯是不够的，我们还应该同他和解，向他祝福：抑或，当我们让他们吃苦头时，我们没有爱他吗？当我们不得不利用他作震慑工具时，我们不感到痛苦吗？苍白的罪犯被囚，而普罗米修斯正好相反！[2]

苍白的罪犯被囚、赴死，而普罗米修斯正好相反，众人“要跟着他跑，喊道：‘谁能和这野兽相比，他从天上给我们取来了火！’”[3]

在最后一刻，苍白的罪犯确乎要与处罚她的人和解妥协了——安提戈涅不是被克瑞翁的言辞打动，而是被克瑞翁言辞里的真相打动。事实上，连克瑞翁本人也被自己打动了。他承认他和安提戈涅是一样的，他表面在倾听、理解她，其实是在追忆“那个旧日时光里的瘦而苍白的只想献出一切的小克瑞翁”。在最后一刻，王者裸露心底的软肋，对安提戈涅说起生活的真谛：

① 《卡拉马佐夫兄弟》，前揭，页 355—367。
② 尼采，《扎拉图斯特拉如是说》，黄明嘉、娄林译，华东师范大学出版社，2010 年，页 74。
③ 《卡拉马佐夫兄弟》，前揭，页 378。

> 将来你也会明白，明白的时候却太晚了，生活是一本我们爱读的书，是一个在脚边玩耍的孩子，是一件紧握手心的工具，是一条晚上坐在屋前休憩的长椅。你又要轻视我了。不过，你会明白的，这个发现是人变老时的一丝可笑的慰藉，生活终究就是“幸福”那点事。

这个克瑞翁太晚才发现的“真相”却彻底惹怒了安提戈涅。安提戈涅不能忍受克瑞翁说起幸福。不是因为安提戈涅拒绝幸福，而是因为她太渴望也太知道幸福。只不过，忒拜城里不可能有安提戈涅眼中的真正的幸福。克瑞翁言辞中的幸福，是人变老时的慰藉，是放弃自由的妥协，犹如宗教大法官在暗夜里对那个沉默不语的囚徒所言，宗教裁判制夺走人群的自由，又交给他们面包，“这样做是为了使人群幸福”[1]。这是顺服者的幸福，而不是悖逆者的幸福，这是卫士们的幸福，而不是安提戈涅的幸福。

> 你们这些法官和祭司啊，如果动物不点头，你们不是不愿杀它吗？看呀，脸色苍白的罪犯点头了：

① 《卡拉马佐夫兄弟》，前揭，页376。

> 他的眼光表露出巨大的蔑视。这眼神如是说："我的'我'应该被征服和超越：我认为，我的'我'是对人类的巨大蔑视。"他如此自裁乃是他至为高尚的时刻。①

克瑞翁把安提戈涅目光中的巨大的蔑视看在眼里，放在心上。克瑞翁不相信他自己还会有幸福，却寄望某个苍白沉默的少年的幸福；他不想让安提戈涅死于肮脏的政治事件，却不得不以维护政治秩序为名处死安提戈涅。在最后时刻，安提戈涅戳破了克瑞翁的伪装，还原了王者的政治原样。从一开始起，所谓的新王新政就陷入自相矛盾的困境，并且愈陷愈深，不能自拔。安提戈涅以死成就了克瑞翁，她让他没有回头路可走，彻头彻尾成了荒诞的人。

| 伊斯墨涅 |

安提戈涅正要被带走时，伊斯墨涅上场了。她决心和安提戈涅一起赴死。但安提戈涅告诉她，现在太迟了，她们的人生路早已分叉，不能重走。这个小插曲与索福克勒斯的安排并无二致，阿努伊甚至沿用了古本中安提戈涅说出的一行诗："你选择生，我选择死"（Σὺ μὲν γὰρ εἵλου ζῆν, ἐγὼ δὲ κατθανεῖν，安，行 555）。

---

① 尼采，《扎拉图斯特拉如是说》，前揭，页 74。

这场戏异常简洁，犹如一个过场。在索福克勒斯笔下，每一场戏的长度几乎是一致的，安提戈涅与克瑞翁的戏，并不比安提戈涅与伊斯墨涅的戏显得更有分量，这样的均衡在阿努伊这里不可能存在。同样，伊斯墨涅以海蒙和安提戈涅的婚姻为名，劝说克瑞翁改变心意，这场戏在阿努伊这里不可能存在。伊斯墨涅和安提戈涅、海蒙一样。克瑞翁新政下的这一代人有太多的自我纠缠，来不及为别人着想，无一例外。

伊斯墨涅的心思与开场时无异，她和开场时一样害怕死亡和人群。她决心和安提戈涅一起赴死，并不是理性思考的结果，而更像是一时感情用事。古本的伊斯墨涅说："失掉了你，我的生命还有什么可爱呢?"(安，行548)；今本的伊斯墨涅说："你死了我也不想活"。两种表述似乎指向同一个意思，流露出姐妹深情，却体现了两种不同的思维方式。阿努伊的伊斯墨涅不再是索福克勒斯笔下那个畏惧权威而又理性十足的女子。

伊斯墨涅也从来不是一个苍白沉默的孩子。她生来光鲜漂亮，活泼可人。生活似乎特别眷顾她，她对生活也从无疑问。在整个忒拜王族里，只有她不会真正受到安提戈涅之死的影响。伊斯墨涅将继续过她原本的生活，丝毫没有改变。在安提戈涅之后，海蒙"被命中"，欧律狄刻"被命中"，克瑞翁"被命中"。每个人以各自的方式受困于荒诞的墙，只有漂亮的伊斯墨涅除外。她和这一切擦肩而过。

然而，即便如伊斯墨涅这样天生受眷顾的大多数人，还是会被安提戈涅的自由主义行为感染，在关键时刻情愿付出生命去追随她。安提戈涅因此警告克瑞翁："你听见了吗，克瑞翁？她也一样。天晓得还有没有其他人听了我的话也去动这念头？"基于同样的理由，这样的细节在索福克勒斯笔下同样不可能存在。

第三场：群己之间

| 海蒙与克瑞翁 |

海蒙来求克瑞翁改变心意。

海蒙爱安提戈涅，没有她不能活。相形之下，索福克勒斯笔下的海蒙拥有充分得多的说服父亲的理性：他奉劝父亲顾及王政安危，顺服民意，而不要一意孤行。海蒙的身份首先是忒拜的王子，再是克瑞翁的儿子，最后才是安提戈涅的未婚夫。他尊重父亲的教导，远远超过看重婚姻爱情（"我不会把我的婚姻看得比你的善良教导更重"，安，行 637—638）。他关心城邦的利益，又远远超过父子亲情（"你践踏了众神的权利，就算不尊重你的王权"，安，行 745）。古代版本的海蒙理智、正直而虔诚，甚至超过了王者克瑞翁。尽管如此，他一上场就对父亲说："你有好界尺，凡是你给我划出的规矩，我都遵循"（安，行 635—636）。

阿努伊的海蒙同样也信赖别人的界尺，遵循别人划出的规矩。在开场与安提戈涅的那场戏里，海蒙几乎没有说话，而是心甘情愿地听从安提戈涅。在极为有限的台词里，他五次呼唤安提戈涅的名字，六次以“好的”作为回答。甚至安提戈涅提出分手，要求他听完以后沉默离开，他也照做了。

在阿努伊笔下，海蒙的身份首先是安提戈涅的情人，其次是克瑞翁的儿子，并且，他一刻也不曾考虑过自己身为王子的政治身份。当克瑞翁以公众舆论作为不能赦免安提戈涅的理由时，海蒙回答道：“公众不值一提，你才是主人”。海蒙形象的古今之别，在所有剧中人物里最是彻底。

在这场戏里，海蒙为安提戈涅求助，却更像是在为自己求助。他像从前呼唤安提戈涅的名字那样，连续六次呼唤父亲。只不过，从前呼唤安提戈涅的时候，爱人就在身边，父亲还能仰靠，海蒙作为情人和儿子的人生还没有坍塌。现在，安提戈涅与克瑞翁的致命冲突狠狠击垮了海蒙的幸福生活。

> 父亲，这不是真的！这不是你，这不是今日！我们两个不是站在这堵墙的脚下，不得不说“是”。你依然强大，和我小时一样。啊！父亲，求你，让我仰慕你，让我继续仰慕你！我若再也不能仰慕你，那我太孤独了，这世界太无意义了。

在克瑞翁面前，海蒙犹如安提戈涅的某种形式的翻版，一个拒绝说“是”的孩子。只是，在对安提戈涅做出一切努力却失败之后，克瑞翁显得对海蒙无能为力。他要求他长大成人，要求他面对现实。他告诉他，人生来就是孤独的，世界本就无意义。轮到海蒙去孤零零地面对那堵人生的荒诞的墙。

现代的海蒙口喊着“救命”，软弱无助，彻底崩溃，“像疯子一样”地狂奔出场。古代的海蒙的离场略有细微差别。他与父亲有理说不清，在忒拜长老们的伴唱下，气冲冲地离开。索福克勒斯让歌队唱的居然是一曲“爱神颂歌”，以此解释海蒙的愤怒：

爱情啊，你战无不胜！
爱情啊，你无处不在！
你日夜守在
少女们的娇颜里！
你漂洋过海，
步入荒野农家。
谁也躲不过你，无论天神，
还是朝生暮死的凡人！
谁遇上你，谁就疯狂。

古代肃剧人物不是不当众谈情说爱吗？为什么爱情偏偏在这里出头？

我们说过，忒拜长老们心系城邦传统的宗法价值。他们不赞同克瑞翁的新政，却不敢直言说真话，顶多旁敲侧击，含糊其辞。父子相争时，忒拜长老们始终在场，他们暗自赞同海蒙的意见，却没有因为海蒙有理而立场鲜明地支持海蒙，反而固守儿子敬顺父亲的传统礼法，批评海蒙对父亲的反驳，说成是爱情的鲁莽，归咎为爱神的恶作剧："你把正直的人的心引到不正直的路上，使他们遭受毁灭：这亲属间的争吵是你挑起的……爱情啊，连那些伟大的神律都被你压倒"(安，行 791—799)。

在阿努伊笔下，克瑞翁既没有与安提戈涅针锋相对，更不可能与海蒙针锋相对。戏剧冲突完全不再是理念冲突，而转换为某种含糊的群己之间的冲突。

同一时间，忒拜城中人闻风赶来，包围了王宫，要求处死公然违抗法令的安提戈涅。在要求没有被满足以前，愤怒的人群试图闯进王宫，犹如伊斯墨涅噩梦般的预言："他们会嘲骂我们，他们的千百只手抓住我们，他们的千百张脸用同一种目光瞪视我们。他们会朝我们脸上吐唾沫。我们要关在囚车里前行，一路伴着他们的仇恨，忍受他们的臭味和讥笑"。克瑞翁本有救安提戈涅的心，如今也不得不顾忌公共舆论："全忒拜知道她做过的事，我被迫要把她处死"。

在古今版本里，王者的处境和态度形成鲜明的对比。索福克勒斯笔下的克瑞翁不顾公共舆论，坚决处死安提戈涅。他发誓要严惩一切违抗法令的叛徒，认定这样做具有充分的正当性，也就是维护城邦和家庭的利益：“背叛是最大的祸害，使城邦遭受毁灭，使家庭遭受破坏。自由服从才能挽救多数正直的人的姓名。所以我们必须维持秩序，决不可对一个女人让步”(安，行 672—680)。克瑞翁如此坚持这一信念，以至于听不到城中人们的窃窃私语。他们不但不愤怒，反倒同情安提戈涅，悄悄为她悲叹。安提戈涅遵循神法安葬兄长，却被迫悲惨地死去，这是“做最光荣的事”，理应“享受黄金似的光荣”(安，行 695，行 699)。我们看到，在古今版本里，公众的态度和处境同样形成鲜明的对比。

在某个特定的时候，索福克勒斯笔下的子民比僭主更有理性，而阿努伊笔下的公民群体却疯狂失控，让政府忌惮，如临大敌。基于某种必然的限制，阿努伊无法给予人群发声的权利，公民群体只能被局限为某种模糊的群体概念，没有言说，没有名字，愤怒疯狂，让人畏惧。组成公民群体的每一个体均如卫士约拿，一旦拥有名字，也就被赋予正当权利和存在意义。在阿努伊的现代叙事里，群己之间如此这般地陷入名曰自由的无底漩涡。

第四场：贪　恋

| 安提戈涅与卫士约拿 |

安提戈涅临刑前，只有卫士约拿在身边。

她长久看着眼前这个陌生人，这个抓住她的人。她在人间“最后见到的一张人的脸”(107)。她问了他好些问题。他的年龄，他的儿女，他的职业。安提戈涅把她对人间的最后关怀倾注在卫士约拿身上。只是，我们已经说过，他们之间的对话是不可能的。安提戈涅想要了解卫士的生活，约拿于是滔滔不绝地讲起股票、楼市和移民。安提戈涅告诉他“我等会就要死了”，又问他“死会痛苦吗”(110)，她想从卫士那里寻求一点生的慰藉，但约拿告诉她，上头命令将她活活关在石窟里。约拿这么说时再平静不过，仿佛死亡不但与他无关，也与眼前的安提戈涅无关。

让我们不要过分苛责卫士约拿。安提戈涅问他爱不爱自己的孩子，约拿不肯回答。爱，如同死亡，一切关乎存在的话题令约拿不自在。约拿表现得不在乎谁被判了死刑，那是上头决定的事，他在乎的是这份差事会派给卫士还是军方去做，因为这关系到他本人的赏金，关系到他和同伴当天晚上的庆功。约拿不自在，情愿躲进鱼腹中，说明他并非生来没有良知的人。约拿拒绝拷问自己的良知，个中原因，显然不只出在约拿身上。

临死前的安提戈涅是孤零零的。卫士约拿不能带给她慰藉，反而在困住她的荒诞的墙脚生了把火，弥漫的烟雾中，小小的安提戈涅站在舞台中央，伸手抱住自己，怕冷似的。

“坟墓呀，新房呀，那将永久关住我的石窟呀！”(Ω τύμβος,

ω νυμφειον, ω κατασκαφής οίκησις，安，行891—892）阿努伊再次沿用了索福克勒斯的一行诗（111）。只不过，在索福克勒斯笔下，安提戈涅喊出这句悲痛的话时，全城的人都在听，都是她的观众。

祖国的民人啊，看着我
踏上最后的路程，
我看见最后
几缕阳光，
从今后再也看不见了，
那让众生安息的冥王带我活着
去到冥河边上，没人为我唱起
迎亲的婚歌，
给新娘们唱的洞房歌，
就这样嫁给冥河之神。

安提戈涅把赴死比作出嫁，她的新郎不是有死的人类（比如安提戈涅不曾提起的海蒙），而是冥河之神。她追溯神族，把自己比作命运悲惨的女神，又提起父亲俄狄浦斯的王族传奇。安提戈涅相信自己将和他们一样声名不朽。她像个女英雄，悲壮，豪迈，在众人的目送中上刑场。陪在身边的忒拜长老们不赞同她的做法，却也“忍不住眼泪往下流”（安，行803），给予她最大的尊严和荣耀。

在阿努伊笔下，安提戈涅非但没有自比神族和王族，反倒自称比走兽还不如。因为，两只兽还能抱在一起，就算打架也不孤单，好比她那两个惹祸的兄弟，而她，安提戈涅，死前是完全孤独的。安提戈涅的孤单表现在不合时宜、没有同类。没有人认为她做了“最光荣的事”，理应“享受黄金似的光荣”。忒拜城的人们与她毫无共识，无话可说，他们恨不得她死，他们也这么公开呼求，因为，从一开始，安提戈涅说了“不”。

孤独还不够，她还要经历一次让她打冷颤的人间的丑陋。

安提戈涅请卫士在她死后交一封信给海蒙。命运让约拿又一次担当信使的重任。他先是吓坏了，怕惹麻烦。安提戈涅摘下指环给他。约拿抵制不住金子的诱惑，改口答应，但要求信由他来写，以免字迹成为罪证。安提戈涅打了个小小的冷颤，只能答应：“这太丑陋了，这一切，全太丑陋了”。约拿又一次不自在。他的良知隐隐告诉他，丑陋的不仅是他的字迹，还有这笔贪婪的交易。

安提戈涅留给海蒙的遗言有两个版本。

（第一个版本：）亲爱的，我之前想死，你大约不爱我了。克瑞翁是对的，这真可怕，现在，在这个人身边，我不知道为什么要死。哦！海蒙，我们的小男孩！我到现在才明白要活很简单。我害怕……

（第二个版本：）亲爱的，我之前想死，你大约不爱我了。对不起。若没有小安提戈涅，你们原该安宁的。我爱你。

临死前的安提戈涅表现出刹那间的犹豫和脆弱，让人着迷。

“克瑞翁是对的”。生活正如克瑞翁所言，一切荒诞而无意义。既然连坚持说“不”也是无意义的，又何妨说“是”呢？临死前的安提戈涅仿佛是有生以来第一次面对这个问题（在此之前，她只是一味地说“不”，毫不犹豫），这使她真正意义地陷入了两难的困境。

“在这个人身边，我不知道为什么要死”。安提戈涅为什么非死不可，为什么非置身无人行的幽僻处不可？安提戈涅为什么不能嫁给海蒙，生一堆孩子？安提戈涅为什么不能有同类，不能享受忒拜人所享受的幸福生活，不能和卫士约拿进行有可能的对话？

“哦！海蒙，我们的小男孩！我到现在才知道要活很简单”。让我们不要误会吧。临死前的安提戈涅并没有改变心意，没有反悔，也没有否定她一贯的言行。如果生活重来一次，她依然会是安提戈涅，依然会说“不”，依然会拣尽寒枝，依然注定要在心里痛悼她的不可能出生的苍白沉默的孩子。

临死前的安提戈涅说出了心里话。天性的骄傲让她随即收回这些话，“最好永远没有人知道，这就好像他们在我死后看着赤裸裸的我还要触碰我似的”。安提戈涅的遗言改成第二种版本。

“若没有小安提戈涅，所有人原该安宁的。”

安提戈涅的公开遗言呼应了唱诗人对克瑞翁的话：“别让安提戈涅死。这肋上的伤口，我们全要带着好些个世纪。”安提戈涅来到人世，就是要扰乱有死者的安宁。几世纪以来，人们不断重写、重演这出肃剧，除了安提戈涅确如人心上的一道伤口，让人疼痛如初，又能有什么别的解释呢？

这生命的最后一刻，也是人性的、太人性的一刻，安提戈涅没有掩藏“灵魂深处的一丝微小的贪恋”①，让人想到在暗夜中独守客西马尼园的耶稣。明知苦路就在眼前，心里忧伤，而无人分担。不但身边的门徒在昏然沉睡中，满城的人都在昏然沉睡中。而他，那孤独的人，在暗夜的尽头忍不住地喊：“倘若可行，求你叫这杯离开我。”有人因而把安提戈涅临死前的告白比作基督宗教语境里的信仰皈依，犹如耶稣放下最后一丝有死者的贪恋，完全顺服神意：“然而不要照我的意思，只要照你的意思。”②

巴雷曾经赞叹索福克勒斯笔下那个赴死的安提戈涅：“多

---

① 薇依，《柏拉图对话中的神》，吴雅凌译，北京：华夏出版社，2012年，页170。

② 《圣经·新约·马太福音》，26：37—44；《圣经·新约·马可福音》，14：36；《圣经·新约·路加福音》，22：42。

么光彩夺目，让我们感动和同情！”比起古本中光彩夺目的安提戈涅，两难中的安提戈涅，犹豫而脆弱的安提戈涅，如同一个真正的古典肃剧人物，让人认同和心动。

其他卫士出场了。约拿赶紧把指环塞进口袋，顺便收起那封永远不会送到海蒙手中的信。没有人知道刚才发生的事。约拿注定不是称职的传信人。安提戈涅苦笑着，低下头，苍白无语，走向其他卫士。

在卫士约拿眼里，指环只是金子，哪有约定可言？

第五场与退场：缺席的先知，或均衡

在索福克勒斯笔下，盲眼的先知忒瑞西阿斯是最后一场戏的主角。

先知前来警告克瑞翁，忒拜城有祸了。由于死者不得安葬，活人却被活埋，诸神不肯接受来自忒拜的受了玷污的献祭，从鸟占和燔祭中预示的凶兆连连。克瑞翁起先不肯听劝，反而责备先知受了贿来骗他：“你们全体向我射来，像弓箭手射靶子一样。”(安，行 1033—1034)

我们说过，忒拜人理解和同情安提戈涅，尽管在王者面前，他们避免做出友好的示意，甚至没有给她一句好话，提醒她当初还不如顺服算了。就公共舆论而言，孤独落在王者克瑞翁的肩上。先知以前，忒拜长老们、安提戈涅、伊斯墨涅、海蒙轮番上台，在不同程度上与克瑞翁形成对峙，并丝毫没能让他改变心意。

先知当场预言了克瑞翁的灾难命运。忒拜长老们首先着了慌，因为，先知的预言从来没有落空过，俄狄浦斯老王就是再好不过的例证。忒拜长老们头一遭有了坚定的立场，奉劝克瑞翁顺从神意，亲手释放安提戈涅，并安葬那被判刑的尸体。

在最后一刻，固执的克瑞翁动摇了，承认自己“心里乱得很”：“要我让步自然是为难，可是再向命运对抗，使我的精神因为闯着祸事而受到打击，也是件可怕的事。”（安，行 1095—1097）克瑞翁最终在两难中做出选择：“多么为难啊！可是我仍然得回心转意。我答应让步。我们不能和命运拼”（安，行 1105—1106）；“一个人最好是一生遵守众神制定的律条”（安，行 1113—1114）。

高傲，愤怒，血气，这些被称为古希腊肃剧英雄的真性情。在某个忘乎所以的时刻，如神一样的英雄几乎把自己误当成神，一意孤行，义无反顾。但结局无一例外，英雄终究要回到有死者的本分，回到属人的界限内。在苦难和困境中，高傲蜕变为某种高贵的力量。阿喀琉斯如此，俄狄浦斯如此，克瑞翁亦如此。

在索福克勒斯的整出戏里，克瑞翁徒然与命运抗争，并在最后顺从命运。王者在前五场戏中表现得固执而自信，与终场时的四曲哀歌（分首节与次节）里的悔恨和痛苦达成某种均衡。

> 仿佛有一个神在我头上重重打了一下，把我赶到残忍行为的道路上，哎呀，推翻了，践踏了我的幸福！唉！唉！人类的辛苦多么沉重啊！……快来呀，快来呀，最美最好的命运，快出现呀，给我把末日带来！来呀！来呀，别让我看见明朝的太阳！……还有一种难以忍受的命运落到了我头上（安，行 1272—1346）。

王者回心转意，毫不迟疑地纠正从前的言与行。他决定亲手安葬死者，释放安提戈涅。但他注定是太迟了。安提戈涅死了，海蒙和她死在一起，欧律狄刻也跟着自杀了。

命数中的苦难赤裸裸摊开在克瑞翁面前。他情愿当场死去。与苦难相比，死亡成了“最美最好的命运”。然而，连这也是不能够的。克瑞翁要成为逼死至亲的罪人，并背负这罪，孤单一人，忍受痛苦无边的人生。克瑞翁经历了古希腊肃剧英雄的特有历程。徒然与命运抗争，直面属人的有限，苦涩中有高傲和尊严。正因为这样，索福克勒斯的肃剧主角更像是王者克瑞翁。

所有这一切完全消失在阿努伊笔下。

第五场戏根本缺席，先知没有出场的机会，克瑞翁没有陷入两难困境。没有回心转意的挣扎，也没有肃剧英雄的悲吟。

在阿努伊的现代肃剧里，王者克瑞翁另有一番奇遇。他无须先知前来劝说或预言。他似乎清楚掌握了所有人的命运，包括他本人的命运。他一语道破安提戈涅的命数：

> 我们没有谁足够强大到让她决定活着。我如今明白了，安提戈涅是为死而生的。她自己或许不知道，波吕涅克斯只是借口。就算不得不放弃这个借口，她也会马上找到别的借口。对她来说，重要的是拒绝和赴死。

在为安提戈涅“看命”之后，克瑞翁与唱诗人之间有一段奇妙的对话。克瑞翁既是戏中人，又仿佛置身其外，与唱诗人一起点评他参与其中的故事。海蒙绝望地跑开时，唱诗人说：“他被命中了。”克瑞翁回答说：“是的，我们全被命中了。”海蒙死后，欧律狄刻随即自尽。克瑞翁从唱诗人那里听到噩耗，近乎平静地说：“她也一样。他们全睡去了。很好。这一整天可够难过的。睡去想必是件好事。”唱诗人说：“如今你孤独一人了，克瑞翁。”王者回答：“孤独一人，是的。”

命数中的苦难照样赤裸裸摊开在阿努伊的克瑞翁面前[①]，而他与古典肃剧英雄不同，没有回心转意的挣扎，也没有痛不欲生的悲吟。他只是一声不响地接受了。因为，他选择了说“是”。如果说克瑞翁拒绝过什么，那恰恰是成为和古典克瑞翁一样的英雄。高傲，愤怒，血气。他竭力摒弃这些肃剧英雄的精神特质，他称之为“俄狄浦斯的高傲”：

> 俄狄浦斯的高傲，你是俄狄浦斯的高傲。是的，我又一次看见这高傲，在你的眼眸深处……你父亲也一样，人世的不幸——更不要说幸福，那根本免谈——在他眼里算不了什么。人世让你们这个家族不自在。你们非得要与命运、与死亡直接去面对面。

通过高声呼斥安提戈涅为“高傲的小俄狄浦斯”，阿努伊的克瑞翁与古典肃剧中的英雄人物划清界限。他以苦涩的揶揄语气提到俄狄浦斯王的英雄命运，“非得杀了亲生父亲，娶了亲生母亲，非得挖掉眼睛，带着子女在路上行乞”。克瑞翁拒绝成为这样的英雄，新政下的忒拜城也不需要这样的英雄——事实上，新王克瑞翁树立了一种新时代的新式“英雄”，民众

① 不妨对观同时代的戏剧作者让·热内的戏剧理念：“要让恶在舞台上爆发，让恶赤裸裸地暴露我们，让恶促使我们惊慌失措，并且除了我们自己别无求助之处。”（Jean Genet，*Le Balcon*，avertissement，Gallimard，1956，p.15）

群起崇拜、仿效“英雄”被公开宣传的形象，毫不知情（也无须知情）“英雄”那尸身模糊的真实面目——真相变成克瑞翁独守的秘密。

自一开始，自幕起时，不妨说，自他放弃闲暇，顺服命运安排，当王执政起，克瑞翁就明白等在他面前的是什么样的人生。从前的克瑞翁为美而活，他天生敏感，连安提戈涅也嘲弄他“太敏感做不成好僭主”。当安提戈涅为父亲俄狄浦斯辩解，同时也是为她自己辩解的时候，克瑞翁无法反驳。王者心知肚明：他公开宣称与俄狄浦斯王所代表的旧传统决裂，归根到底，他是在与自身的一部分决裂，与他记忆深处的那个“苍白沉默只想献出一切的小克瑞翁”决裂。

> 父亲直到明白他杀了亲生父亲，与亲生母亲同睡，并且没有，再没有什么能拯救他时，他才变美了。他突然安静下来，像是露出一丝微笑，他变美了。一切都完了。他只要闭上双眼不看你们！啊，你们的嘴脸，你们那申请得到幸福的可悲嘴脸！你们才是丑的。

面对安提戈涅以美为名的控诉，克瑞翁无言以对。尽管他深切地理解和同情安提戈涅——事实上，还有谁比他更深谙美的真相，还有谁比他更懂得看清人世的诸种虚妄（托名为希望和幸福的虚妄)?!——然而，面对安提戈涅近乎羞辱的指责，克瑞翁无从反驳。在这出名曰安提戈涅的戏里，王者扮演了如他本人所说的“坏角色”。在公众心里，从此永远回荡着安提戈涅的大声疾呼，王者的角色是“丑陋、虚假和可悲”的角色。克瑞翁没有能力反驳安提戈涅，正如他同样没有能力回避海蒙临死前的注视：

> 海蒙没听他说，黑暗的眼睛，从来没这么像他从前做孩子时的模样。他一言不发，看着父亲……他用孩子的眼睛看他，满带鄙夷，克瑞翁无法避开这刀般的目光。

克瑞翁的虚弱源于他与自我的决裂，正如新政的软肋源于它与生俱来的矛盾。面对安提戈涅以美为名的质问，他只有沉默，无能为力。对于一个天生敏感于美的问题的人如克瑞翁，舍弃美，舍弃成为古典肃剧英雄，无异于舍弃个体存在的探寻。

终场时分，只剩克瑞翁和身旁的侍童站在孤寂的暗夜。他对那少年说：“我要告诉你，他们都不知道”。这样的坏角色总要有人去演。然而，克瑞翁悄声说，然而，如果可能，“最好是永远不要知道……最好是永远不要长大”。这是王者坦露最后一丝贪恋的时刻。他对那沉默苍白的少年说出心里话。我们几乎要以为，比起做克瑞翁，他情愿做安提戈涅，然而，如果可能，他更情愿做永远不知道的任何人……

*

天亮了。戏演完了。舍弃贪恋的安提戈涅赴了死。舍弃贪恋的克瑞翁带着肋骨上那个名曰安提戈涅的致命伤口继续活着。

而我们，我们这些看戏的人，我们这些带着贪恋的人，我们要往何处去？——只有这样，开场的安提戈涅从哪里来，才能在终场获得呼应。

在借助柏拉图的洞穴神话讲述灵魂的皈依时，薇依提到一种情形，我们这些带着贪恋的人再熟悉不过却偏偏容易忽略的情形：

> 有一种让事情变容易的做法。如果那个解除禁锢的人讲述外面的世界的种种奇观，植被、树木、天空、太阳，囚徒只需保持一动不动，闭上双眼，想象自己爬出洞穴，亲眼看见所有这些景象。他还可以想象自己在这次旅行中遭遇了一些磨难，好让想象更加生动逼真。
>
> 这个做法会让人生舒适无比，自尊得到极大满

足，不费吹灰之力就拥有一切。

每当人们以为皈依产生，却没有伴随一些最起码的暴力和苦楚，那只能说皈依还没有真的产生。禁锢解除了，人却依旧静止，移动只是虚拟。[①]

天亮了。戏演完了。我们走出剧院。我们在戏中遭遇了一次虚幻的人生。我们以为从此走进了新的天地，其实我们只是做了一次虚假的移动。我们以为看见了自己，其实我们只看见了自己的影子。

---

① 薇依，《柏拉图对话中的神》，前揭，页174。